하늘을 달리는
아이

Maniac Magee

제리 스피넬리 지음

김율희 옮김

하늘을 달리는 아이

차례

이야기를 시작하기 전에

사람들은 말한다. 마니악 머기는(마니악이란 거칠게 행동하는 사람이나 열광적인 사람을 뜻하는 말로, 이 책에서는 폭발적인 에너지를 가진 사람을 의미한다. – 옮긴이) 쓰레기 더미에서 태어났다고.

사람들은 말한다. 마니악의 위는 시리얼 상자로 만들어졌고, 심장은 소파의 용수철로 만들어졌을 거라고.

사람들은 말한다. 마니악이 20센티미터나 되는 바퀴벌레를 가죽 끈에 매달아 데리고 다닌다고, 마니악이 자는 동안 커다란 쥐들이 마니악의 몸 위에서 망을 본다고.

사람들은 말한다. 당신이 만일 마니악이 달려오는 것을 보고 땅에 소금을 뿌렸고 그 위를 마니악이 펄쩍 뛰어넘었다면 두세 블록도 못가서 마니악은 보통 사람과 마찬가지로 천천히 걷게 되었을 거라고.

사람들은 말한다.

어디까지가 진실이고, 어디까지가 전설일까? 물론 그걸 알기란 쉽지 않다.

핀스터월드 씨는 이제 이 세상 사람이 아니다. 하지만 아이들은 여전히 핀스터월드 씨가 살았던 집의 계단에는 절대 앉지 않는다. 리틀리그 운동장은 여전히 그 자리에 있고 야외 음악당도 그대로다. 헥터가와 버치가가 만나는 모퉁이엔 '코블의 코너' 가게가 아직도 있다. 계산대 뒤의 남자에게 부탁하면, 서랍에서 전설의 줄 한 뭉치를 꺼내서 보여 줄 것이다.

투밀스의 초등학교 아이들은 아직도 이 노래를 부르면서 줄넘기를 한다.

마니악, 마니악은

최고야, 최고야

마니악, 마니악은

학교엔 가지 않아

밤새도록 달리지

달리고 또 달리지

마니악, 마니악은

황소에게 키스도 했지

때때로 줄 끝을 잡고 있는 아이들 중 한쪽은 헥터가의 서쪽(웨스트엔드)에서, 다른 한쪽은 동쪽(이스트엔드)에서 왔다. 마니악 머기가 남긴 유산이나 기념비를 찾고 있다면 이 노래보다 더 좋은 것은 없다. 비록 황소에게 키스한 게 사실이 아닐지라도.

그러나 상관없다. 한 소년의 역사는 처음에는 사실, 한 입 건너면 전설, 또 한 입 건너면 눈덩이가 되기 마련이니까. 마니악 머기가 방랑하던 시절이 궁금하다면, 이제 영화관 의자 아래로 손을 편안히 늘어뜨리고 준비를 하라. 사실과 그 뒤에 숨은 진실이 섞이지 않도록 아주, 아주 조심해야 한다.

1부

01

마니악 머기는 쓰레기 더미에서 태어나지 않았다. 집에서 태어났다. 그것도 브리지포트에 있는, 강 건너 왼편에 자리 잡은 아주 평범한 집에서 태어났다. 그리고 평범한 부모님, 그러니까 엄마와 아빠가 있었다.

하지만 그 시절은 오래가지 않았다.

어느 날 부모님은 그를 보모에게 맡겨 둔 채 급행열차를 타고 도시에 갔다. 집으로 돌아오는 길에 기차는 그 유명한 사고를 당했다. 기관사가 술에 취해서 시속 100킬로미터도 넘는 속도로 스쿨킬강의 높은 철교를 건널 때, 부모님은 기차에 타고 있었다. 기차의 몸뚱이는 모조리 물속으로 풍덩 빠졌다.

이렇게 마니악은 고아가 되었다. 세 살이었다.

물론 정확히 말해서, 그때는 아직 마니악이 아니었다. 그는 제프리였다. 제프리 라이어널 머기.

어린 제프리는 가장 가까운 친척인 도트 숙모와 댄 숙부에게 보내졌다. 두 사람은 펜실베이니아 서부의 홀리데이스버그에서 살았다.

도트 숙모와 댄 숙부는 서로를 미워했지만 엄격한 가톨릭 신자인 탓에 이혼은 하지 않았다. 제프리가 도착할 무렵, 두 사람은 서로 말조차 하지 않았다. 그리고 물건도 더 이상 함께 쓰지 않았다.

머지않아 집 안 물건은 모두 두 개씩이 되었다. 화장실 두 개, 텔레비전 두 개, 냉장고 두 개, 토스터 두 개. 가능했다면 제프리마저 둘로 나누려고 했을 것이다. 사실 그들은 온 힘을 다해 제프리를 쪼갰다. 예를 들어 월요일에는 도트 숙모, 화요일에는 댄 숙부와 저녁을 먹는 식이었다.

그렇게 8년의 시간이 흘렀다.

그리고 제프리가 다니는 학교에서 봄 음악회가 열리는 밤이 다가왔다. 제프리는 합창단원이었다. 공연도 한 번, 강당도 하나뿐이었기 때문에 도트 숙모와 댄 숙부는 할 수 없이 한 사람은 강당 오른쪽에, 또 한 사람은 왼쪽에 앉았다.

제프리는 '동물들에게 말해요'라는 노래가 시작된 순간부터 비명을 질렀을 테지만, 아무도 알지 못했다. 다른 목소리들에 묻혀 버렸기 때문이다. 그 노래가 끝난 뒤에도 제프리는 계속 비명을 질렀다. 얼굴이 빨갛게 달아올랐고, 목 언저리는 부었다. 지휘자는 합창단을 돌아보더니 팔을 올린 채 그대로 얼어붙었다. 관중의 표정이 변하기 시작했다. 비명을 지르는 아이가 우스운 동물 흉내를 내는 공연의 일부라고 여긴 몇몇 사람은 낄낄거렸다. 그러나 곧 웃음이 그쳤고, 모두가 두리번거리기 시작했다. 그것이 공연의 일부가 아니라는 사실을 깨달았기 때문이다. 합창단 한가운데서 제프리는 숙모와 숙부를 가리키며 큰소리로 고함을 질렀다. "말해요, 말해! 서로 말해요! 말해! 말해!"

당시에는 아무도 몰랐지만 그것은 전설의 탄생을 알리는 외침이었다.

그리고 바로 그때부터였다. 제프리가 달리기 시작한 것은. 그는 무대 제일 위 칸에서 세 걸음 만에 뛰어내려 왔다. 연한 색 드레스를 입은 여학생들은 비명을 지르고, 지휘자는 손을 내저었다. 제프리는 무대에서 펄쩍 뛰어내려 옆문을 연 뒤 별이 총총하고, 바람이 상쾌하고, 달콤한 풀 냄새가 가득한 밤을 향해 달려 나갔다.

다시는 화장실이 두 개 있는 집으로 돌아오지 않았다. 다시는 학교로 돌아오지 않았다.

02

마니악 머기가(당시에는 제프리) 홀리데이스버그에서 출발해 투밀스에서 멈췄다는 사실은 누구나 알고 있다. 여기서 질문을 해보자. 왜 그렇게 오래 달렸을까? 달리는 내내 무엇을 했을까?

확실히 320킬로미터는 먼 거리다. 특히 달리기로는. 하지만 계산해 보면, 그가 쉬지 않고 달렸다고 해도 51주 이상 걸렸을 것이다.

전설에는 답이 없다. 때문에 이 기간은 '잃어버린 해'로 알려진다.

다른 질문. 왜 그는 여기에 머물렀을까? 그것도 하필 왜 투밀스였을까?

물론, 스쿨킬강 건너에 그가 태어난 브리지포트가 있었기 때문이라는 확실한 답이 있다. 그러나 다른 가설도 있다. 어떤 사람들은 달리다가 그냥 피곤해졌을 거라고 말한다. 어떤 사람들은 크럼펫(케이크의 한 종류 – 옮긴이) 때문이라고 한다. 또 어떤 사람들은 잠깐만 쉬었다가 가려고 했는데, 친구를 사귀는 게 재미있어서 머물렀다고 한다.

투밀스에 온 첫날 마니악 머기를 보았다고 주장하는 사람들의 이야기를 들으면, 도시 입구에서 그를 기다리던 만 명의 사람들과 환영하는 폭죽과 트럭 퍼레이드가 있었을 것만 같다. 물론 그 말을 믿으면 안 된다. 사실을 기억하는 사람은 단지 몇몇뿐이다. 그들이 본 광경은 이랬다. 털이 덥수룩한 아이가 저 멀리서 달려온다. 운동화 밑창이 중간까지 떨어져 나가 포장도로 위를 달릴 때마다 개의 혓바닥처럼 날름거린다.

그러나 오랫동안 그를 기억 속에서 지울 수 없게 만든 소리는 따로 있었다. 그가 사람들을 지나치면서 "안녕"이라고 말했던 것이다. 그저 "안녕." 그리고는 사라졌다. 사람들은 걸음을 멈추고 그의 뒷모습을 응시하며 궁금해했다.

'내가 아는 애인가?'

사람들은 보통 낯선 이에게 불쑥 말을 걸지 않으니까 말이다.

03

실제로 멈춰서 마니악과 이야기를 나눈 최초의 사람이 있다면, 바로 아만다 빌일 것이다. 그 일은 일종의 착각 때문에 일어났다.

아침 여덟 시 무렵이었다. 아만다는 도시에 사는 수백 명의 아이들과 마찬가지로 학교에 가는 길이었다. 좀 다른 점이 있었다면, 아만다는 여행 가방을 끌고 있었고 그 점이 마니악의 눈길을 사로잡았다. 아만다가 자기처럼 도망가고 있다고 여긴 마니악은 멈춰서 말을 걸었다.

"안녕."

아만다는 의심이 많았다. 이 낯선 백인 아이는 도대체 누구야? 흑인들이 사는 이스트엔드에서 뭘 하고 있는 거지? 왜 말을 걸고 그래?

그러나 아만다는 상냥하기도 했다. 그래서 걸음을 멈추고 "안녕"이라고 대답했다.

"도망치는 거니?"

제프리가 물었다.

"뭐?"

아만다가 영문을 몰라 되물었다.

제프리는 여행 가방을 가리켰다.

아만다는 눈살을 찌푸린 채 잠시 생각하더니, 웃음을 터뜨렸다. 너무 심하게 웃은 나머지 몸의 중심을 잃을 뻔했다. 그래서 좀 더 편한 자세로 웃으려고 여행 가방을 내려놓고 그 위에 앉아 계속 웃었다. 마침내 진정한 아만다가 말했다.

"가출하는 게 아니라 학교 가는 중이야."

마니악의 당황하는 표정을 본 아만다는 벌떡 일어나 그 자리에서 가방을 열어 보였다.

제프리는 숨을 멈췄다.

"책이잖아!"

책! 그랬다. 여행 가방은 책으로 가득했다. 숙제할 때 필요한 양보다 몇 배는 더 많았다.

제프리는 무릎을 꿇었다. 제프리와 아만다와 여행 가방은 흐르는 물속에 있는 바위 같았다. 주변에서는 학교 가는 아이들이 오른쪽 왼쪽으로 흘러갔다. 제프리는 이리저리 고개를 갸웃거리며 책 제목을 읽었다. 그리고 밑에는 어떤 책들이 있는지 보려고 위에 있는 책들을 들어 올렸다. 소설책, 비소설책, 추리소설, 친구 사귀는 법에 관한 책, '그것은 무엇일까?'에 관한 책, '무엇을 하는 방법, 무엇을 하지 않는 방법'에 대한 책, 그냥 평범한 어린이 책들까지 다양했다. 맨 밑에는 백과사전 한 권도 있었다. 알파벳 'A' 항목이었다.

"내 도서관이야."

아만다는 자랑스럽게 말했다.

누군가 외쳤다.

"얘, 학교 늦겠다!"

아만다는 고개를 들었다. 거리에는 더 이상 아이들의 모습이 보이지 않았다. 아만다가 여행 가방을 쾅 닫고는 끌기 시작했을 때, 제프리가 가방을 낚아챘다.

"내가 들어 줄게."

아만다의 눈이 동그래졌다. 잠시 망설이다가 가방을 낚아챘다.

"넌 대체 누구니?"

아만다가 물었다.

"제프리 머기."

"어디에서 왔어? 웨스트엔드?"

"아니."

아만다는 제프리와 그의 밑창 떨어진 운동화를 빤히 쳐다보았다. 당시 이야기를 하자면, 도시는 완전히 분할되어 있었다. 이스트엔드에는 흑인, 웨스트엔드에는 백인이 살았다.

"이스트엔드 사람이 아닌 건 알겠다."

"난 브리지포트에서 왔어."

"브리지포트? 강 건너? 그 브리지포트?"

"그렇지."

"그럼, 왜 거기 있지 않고?"

"거긴 내가 태어난 곳이지, 사는 곳은 아니야."

"좋아. 그럼 어디에서 살고 있니?"

제프리는 주위를 둘러보았다.

"모르겠어…… 아마도…… 여기?"

"아마도?"

아만다는 고개를 흔들며 미소를 지었다.

"아마도 여기 사는지 아닌지 네 부모님께 여쭤보렴."

소녀는 걸음을 재촉했다. 제프리는 잠시 동안 뒤처져 있다가 소녀를 따라잡았다.

"왜 책을 모두 학교에 가져가지?"

아만다는 설명했다. 어린 남동생과 여동생이 눈에 띄는 종이란 종이에는 모조리 크레용으로 낙서를 해댄다고. 그게 글씨가 있든 없든 상관없이. 그리고 입에 닿는 건 모조리 질겅질겅 씹어 버리는 바우와 우라는 개에 관해서도. 그게 매일 '도서관' 전체를 끌고 학교까지 오가는 이유라고.

첫 번째 종이 울리고 있었다. 학교까지는 아직 한 블록이나 더 남았다. 아만다는 뛰었다. 제프리도 뛰었다.

"책 한 권만 가져가도 될까?"

그가 물었다.

"내 책이야."

아만다가 차갑게 대답했다.

"읽기만 할게. 빌리는 거야."

"싫어."

"제발! 그런데 네 이름은 뭐니?"

"아만다."

"제발, 아만다. 아무거나. 제일 얇은 걸로."

"난 지금 늦었기 때문에 다시 멈춰서 가방을 열지 않을 거야. 그러니 포기해."

순간 제프리가 멈췄다.

"아만다!"

아만다는 계속 달리다가 멈춰 서서 몸을 돌리고 노려보았다. 아니, 대체 저 애의 정체가 뭐야? 머리부터 발끝까지 더럽고 셔츠는 너덜너덜하고. 왜 원래 살았던 브리지포트나 웨스트엔드로 돌아가지 않는 거지? 거기서 백인 여자애나 괴롭히지. 그런데 왜 나는 여기 서 있는 거야?

"너한테 책을 빌려주면, 어떻게 돌려받지?"

"내가 돌려주러 올게. 진짜야! 절대 거짓말 안 해. 주소가 어떻게 되니?"

"시카모어가 728번지. 하지만 넌 올 수 없을 거야. 여기는 네가 있을 곳이 아니야."

두 번째 종이 울렸다. 아만다는 비명을 지르고 몸을 빙글 돌리더니 뛰기 시작했다.

"아만다!"

그녀는 멈춰 서서 몸을 제프리 쪽으로 돌렸다.

"으윽."

그녀는 신음소리를 냈다. 그리고는 여행 가방에서 책 한 권을 잡아 채 날렸다.

"받아!"

그리고는 학교로 쏜살같이 내달렸다.

그 책은 부상당한 오리처럼 날개를 펄럭이며 제프리의 발밑으로 떨어졌다. 어린이 십자군 이야기였다. 제프리는 책을 집어 들었고, 아만다는 태어나서 처음으로 지각을 했다.

04

그날 제프리는 세 곳에서 다시 모습을 드러냈다.

처음은 어느 고등학교 운동장이었다. 2학년 학생 열두어 명이 체육 시간에 미식축구를 하고 있었다. 유명한 쿼터백인 브라이언 데니는 팔을 크게 돌려 와인드업을 하고, 55미터가량 떨어져 있던 같은 편 '큰손' 제임스 다운에게 공을 던졌다. 큰손 제임스는 사이드라인 아래로 멋지게 전력질주 했다.

그러나 공은 결코 큰손 제임스에게 닿지 않았다. 자랑스러운 큰 손으로 공을 잡으려는 순간, 공은 사라졌다. 그가 충격에서 헤어날 무렵, 한 작은 아이가 운동장 위쪽에서 미식축구팀 사이를 누비고 있었다. 아무도 그 아이에게 손을 대지 못했다. 축구 경기장까지 내려왔을 때, 그 아이는 몸을 돌리고 공을 펀트(손에서 떨어뜨린 공이 땅에 닿기 전에 차는 것-옮긴이)했다. 체육 수업 중이던 학생들은 위를 쳐다보았고 공은 학생들 머리 위를 지나 브라이언이 던졌던 어떤 공보다도 완벽하게 회전하며, 아직도 아연실색한 큰손 제임스의 쭉 뻗은 손에 착지했다. 그런 뒤 아이는 달음박질해 사라졌다.

한 가지 놀라운 사실이 더 있다. 모두가 목격했지만 수업이 끝난 뒤 기록을 비교해 볼 때까지 아무도 믿을 수 없었던 사실! 펀트를 할 때까지 그 아이는 모든 것을 한 손으로만 했다. 다른 손에는 책을 들고 있었기 때문이다.

05

같은 날 오후, 웨스트엔드에서 소동이 벌어졌다. 정확하게는 오리올가 803번지에서, 더 정확하게는 오리올가 803번지 뒷마당에서다.

물론 이것은 핀스터월드 씨의 악명 높은 집 주소다. 어른들이 토요일 오후에 젊은이들로 와글거리는 영화관을 피하듯이, 아이들은 핀스터월드 씨의 집 근처에는 얼씬도 하지 않았다. 거기에서 얼쩡거리는 아이에게 무슨 일이 일어나는지 궁금한가? 차라리 모르는 편이 낫다. 아니 이렇게 말해 두면 충분할 것이다. 가끔, 오늘날까지도 불쌍하고 남루하고 니코틴 얼룩이 묻은 녀석이 시내에서 발을 질질 끌며 걷는 모습이 눈에 뜨이면, 원래는 명랑하고 활기찬 아이였지만 어영부영 돌아다니다가 우연히 핀스터월드 씨 마당으로 들어갔던 불행한 아이라는 소문이 쫙 퍼질 것이다.

따라서 자신의 생명을 소중히 여긴다면 절대 핀스터월드 씨의 뒷마당으로 날아간 공을 주우러 가면 안 된다. 그래서 핀스터월드 씨의 뒷마당은 테니스공, 야구공, 축구공, 플라스틱 원반, 모형 항공기 그리고 부메랑의 무덤이 되었다.

그런 이유로 그 집 현관 계단은 도시에서 유일하게 아무도 앉지 않는 계단이었다. 그런 이유로 신문 돌리는 아이는 절대 그곳에 배달을 하지 않았다. 그런 이유로 눈 오는 날, 엄청난 돈을 준다고 해도 그쪽 보도의 눈을 삽으로 치우겠다는 아이는 없었다.

어쨌거나 늦은 오후였고, 핀스터월드 씨의 뒷마당에서는 비명 소리가 들려왔다. 누구지? 무슨 일이지? 왜?

비명을 지른 사람은 이름을 알 수 없는 소년이었다. 이날 이후로 그는 역사의 장에서 사라질 게 분명하다. 아마도 열 살가량이었을 것이다. 일단 그를 '아널드'라고 부르기로 하자.

아널드는 핀스터월드 씨의 뒷마당에 있는 울타리 끝 공중에 떠 있었다. 그런 짓을 한 아이들은 서너 명의 고등학생이다. 재미삼아 하는 장난 중 하나였다. 아널드는 웨스트엔드에서 가장 중요한 생존 규칙을 잊은 것이 틀림없다. 절대 핀스터월드 씨네 근처에서 고등학생과 마주치지 말 것!

자, 이렇게 아널드는 그들의 손아귀에 붙들린 채 피라미드에서 툭 던져지기 직전인 불쌍한 아즈텍의 인간 제물처럼 파닥거리고 발버둥을 치며 비명을 질렀다. "안 돼요! 안 돼! 제발요!" 그는 애원했다.

"제바아아아아아아알!"

하지만 고등학생들은 하고픈 대로 했다. 아널드를 핀스터월드 씨

네 뒷마당으로 던져 버린 것이다. 그리고 뒤로 물러서서 더 이상 웃지 않고, 그냥 바라보기만 했다. 집의 뒷문과 창문, 짙은 녹색 차양을 바라보기만 했다.

아널드는 땅으로 나동그라지는 순간 입을 다물었다. 몸을 잔뜩 웅크리고 무릎을 꿇었다. 눈을 부릅뜨고 뒷문을, 뒷문의 손잡이를 바라보았다. 입을 크게 벌린 거대한 구렁이와 마주친 쥐처럼 얼어 버렸다.

숨 막힐 것 같은 정적이 일이 분가량 흐른 뒤, 고등학생 한 명이 무슨 소리가 들린다고 생각했다. 그는 "들어 봐"라고 속삭였다. 다른 아이도 그 소리를 들었다. 희미하고 작은 소리였다. 덜걱덜걱, 덜덜, 딱딱. 그 소리는 곧 더 커졌다. 이가 딱딱거리는 소리였다. 아널드의 이였다. 작은 북처럼 딱딱거렸다. 그리고 이만 딱딱거리기엔 부족하다는 듯, 몸의 나머지 부분들도 합세했다. 처음에는 약하게 떨렸다가 이내 마구 흔들리더니 결국에는 몸 안의 모든 뼈가 빠져나오겠다는 듯 떨어 댔다. 고등학생 한 명이 크게 외쳤다.

"핀스터월드 병˚에 걸렸어!"

"됐다. 해냈어!"

그들은 거기 서서 환호성을 지르고 박수를 쳤다.

몇 년 뒤 그 자리에 있었던 고등학생들이 해준 이야기는 제각각이

....
● 웨스트엔드 투밀스의 용어로 몸, 특히 손과 발이 격렬하게 떨리는 증상

다. 누구는 어디에서 왔는지 알 수 없는 한 아이가 핀스터월드 씨네 울타리를 껑충 뛰어넘었다고, 그것도 울타리에 손도 짚지 않고 뛰어넘었다고 말했다. 누구는 그 소년이 그냥 뒷문을 열고 여유 있게 걸어서 들어갔다고 말한다. 또 누구는 그것은 환각의 일종인 신기루였으며, 아마도 오리올가 803번지를 둘러싼 악한 기운의 발산 때문에 생긴 일이라고 맹세했다.

진짜든 아니든, 모두 같은 아이를 보았다. 아널드와 비슷한 몸집에 행색이 남루하고, 밑창이 너덜너덜한 운동화를 신고, 한 손에 책을 든 아이. 아이는 곧장 아널드에게로 다가갔고, 그 소년을 올려다보는 아널드의 얼굴은 몹시 창백했다. 아널드는 지독한 핀스터월드 병에 걸려서 의식을 잃은 뒤에도 30초 정도 몸이 계속 떨렸다.

그 유령 같은 사마리아인(강도당한 사람을 도와준 성경 속의 사마리아인을 비유한 것 – 옮긴이)은 입으로 책을 물고 몸을 웅크리더니 아널드의 축 처진 몸을 밀가루 포대처럼 어깨 위로 들어 올리고 그곳에서 그를 꺼내 왔다. 불행히도, 그는 아널드를 핀스터월드 씨의 뒷마당보다 나을 게 없는 핀스터월드 씨의 현관 계단에 내려놓았다. 잠시 후 아널드는 의식을 회복하고 자기가 어디에 있는지 깨닫자, 파리채를 피하는 말파리처럼 달아났다.

얼이 빠진 고등학생들은 그곳을 떠나다가 뒤를 돌아보았다. 맙소사, 그들은 그 아이가 금지된 계단에 다리를 쭉 뻗고 앉아 책을 읽으려고 펼치는 것을 보았다.

06

그로부터 한 시간쯤 지나 밸러리 피크웰 부인은 뒷문을 휙 열고, 계단에 서서 휘파람을 불었다.

이 마을에서 피크웰 부인보다 휘파람을 잘 부는 사람은 없을 것이다. 그 소리는 매일 저녁 피크웰 가족의 모든 아이에게 식사 시간을 알리는 신호였다. 피크웰 가족 중 저녁 식사에 늦는 아이는 없었다. 아마도 이 기록은 영원히 계속될 것이다. 휘파람 소리는 결코 크지 않았다. 날카롭지도 않았다. 음계는 단지 두 가지였다. 높은음과 낮은음. 다른 사람에게는 그렇게 특별한 소리가 아니었다. 그러나 피크웰 가족 아이들의 귀에는 마법이나 다름없었다. 휘파람은 오후 5시 정각에 소란스러운 진창길을 날쌔게 뚫고 목표물에 어김없이 가닿았다.

그러면 쓰레기 더미에서, 도랑에서, 작은 길에서, 언덕에서 피크웰의 아이들은 저녁을 먹으러 뛰어왔다. 열 명이 모두. 거기에다 부모님, 아기 디디, 피크웰 할머니와 피크웰 할아버지, 피크웰 증조할아버지, 그리고 피크웰 씨가 도와주고 있는 무일푼의 택시 운전사(피크웰 씨는 언제나 누군가를 돕고 있었다)까지 있었다. 이 모두를 피크웰 부인은 자신의 '작은 나라'라고 불렀다.

모두 함께 앉을 수 있는 탁자라고는 탁구대뿐이어서, 그들은 거기에 둘러앉아서 먹었다. 저녁은 스파게티였다. 사실 사흘에 한 번씩 저녁 메뉴는 스파게티였다.

식사를 마치고 각자 지저분한 접시를 부엌으로 가지고 갈 때, 도미니크 피크웰이 듀크 피크웰에게 물었다.

"쟤는 누구니?"

"누구?"

"네 옆에서 먹던 애."

"몰라. 도널드가 아는 애 아냐?"

"아냐."

도널드가 고개를 저으며 말했다.

"디온이 아는 애인 줄 알았어."

"난 본 적도 없는데."

디온이 말했다.

"데어드레의 새 남자 친구 아냐?"

데어드레는 디온의 정강이를 걷어찼다. 듀크는 식당을 다시 둘러보았다.

"앗! 사라졌어!"

피크웰 아이들은 뒷문으로 우르르 몰려나가 레이코 힐의 꼭대기까지 갔다. 그들은 철길을 바라보았다. 한 손에 책을 든 그 아이가 언덕을 지나고 있었다. 그는 달리고 있었고, 잡초가 키만큼 자란 들판을 이제 막 지나고 있었다. 피크웰 아이들은 자신들의 눈을 믿을 수 없어 눈을 깜빡이고 나서, 이마 위에 손을 얹고 실눈을 뜬 채 바라다보았다. 그 아이는 철길 옆이나 나무로 된 침목 위를 달리는 게 아니었다. 분명 달리고는 있으되 피크웰 아이들, 아니 다른 모든 아이가 겨우 걸어만 보았던 좁다란 레일 위를 달리고 있었다!

07

제프리 머기가 모습을 나타낸 다음 장소는 리틀리그(9세부터 12세까지 출전할 수 있는 소년 야구 리그-옮긴이)가 열리고 있는 공원의 운동장이었다. 리틀리그 경기는 이제 막 끝난 참이었다. 레드삭스가 이겼지만 오늘의 주인공은 존 맥냅으로, 그는 타자 열여섯 명을 삼진으로 잡고 투밀스 리틀리그 역사상 신기록을 수립했다.

존은 거인이었다. 키는 175센티미터에 몸무게는 77킬로그램이 넘는다고 했다. 존은 자신이 열두 살이라는 사실을 증명하기 위해 감독에게 출생증명서를 가지고 와야 했다. 아직도 대부분의 사람들은 그 증명서를 믿지 않는다.

문제는 야구팀의 나머지 아이들이 존의 상대가 되지 못한다는 사실이었다. 존이 우익수였다면 상황이 그렇게 나쁘지는 않았을 것이다. 하지만 그는 투수였다. 그리고 그는 언제나 같은 공을 던졌는데, 바로 강속구였다.

대부분의 타자들에게 그 공은 전혀 보이지 않았다. 그냥 공이 핑 하고 코앞을 지나가는 소리만 들을 뿐이었다. 타자의 무릎이 덜덜 떨리는 모습을 관중석에서도 볼 수 있었다. 불쌍하게도 원 스트라이크라는 소리를 들을 때까지 버티고 서 있던 어떤 아이는 홈베이스에다 심하게 토하기까지 했다.

날은 아직 꽤 밝았다. 타자들이 족족 삼진을 당해 경기가 빨리 진행되었기 때문이다. 공식적인 경기는 끝났지만, 존은 마운드에서 내려오지 않았다. 그는 자신이 야구 역사를 새로 썼다고 여겼고 그 순간을 가능하면 오래도록 만끽하고 싶었다.

아직도 주변에는 레드삭스와 그린삭스 선수들이 열 명가량 있었고, 존은 그 아이들에게 홈베이스로 걸어가 방망이를 잡으라고 했다. 포수는 없었다. 공은 단지 방어벽으로 질주할 뿐이었다. 존으로부터 삼진을 당한 아이는 다시 줄의 맨 끝으로 가서 서야 했다.

존은 그 광경에 정말 신이 났다. 삼진아웃을 시키고 나면 '으하하!' 하고 웃으면서 큰 소리로 자신이 삼진아웃 시킨 선수들의 숫자를 외쳤다.

"스물여섯! 스물일곱! 스물여덟……."

마치 피에 굶주린 상어 같았다. 먹이가 된 선수들은 몸을 부들부들 떨면서 등을 구부리며 홈베이스에 섰다.

"서른넷! 서른다섯!"

그때 낯선 아이가 홈베이스에 발을 디뎠다. 너덜너덜한 옷차림을 한 작은 몸집의 꼬마로, 레드삭스나 그린삭스의 야구복을 입지도 않았다. 머리는 덥수룩했다. 아이는 들고 있던 책을 홈베이스에 내려놓았다. 타석의 발판을 툭툭 차고는 어깨에 방망이를 올리더니 존을 쳐다보았다.

존은 마운드에서 꽥 소리를 내질렀다.

"비켜, 꼬맹이. 이건 리틀리그 경기야. 리틀리그 소속도 아닌 주제에."

그 아이는 물러섰다. 겁을 먹은 것일까? 당치도 않았다. 그는 뒤에 서 있던 다른 타자의 빨간 모자를 낚아채 머리에 쓴 뒤 타석으로 돌아왔다.

존은 너무 심하게 웃은 나머지 마운드에서 넘어질 뻔했다.

"좋아, 꼬맹이. 서른여섯 번째, 간다."

존은 던졌다. 아이는 방망이를 휘둘렀다. 한 줄로 서 있던 타자들은 무의식적으로 방어벽을 향해 눈을 돌렸다. 공이 있어야 할 자리니까. 하지만, 없었다. 공은 타석까지 날아온 길을 그대로 되짚어, 타자를 향해 날아올 때보다 더 빨리 존의 머리 쪽으로 날아갔다. 존은 멈칫했다가 가까스로 몸을 피했다. 공은 그의 머리를 비껴갔지만 모자챙을 잡아챘고 모자는 날아가는 원반처럼 급회전하며 내야로 날아갔다. 한편 공은 2루 베이스에서 흙먼지를 일으키면서 센터필드 쪽으로 데구루루 굴러갔다.

죽음 같은 정적이 흘렀다. 아무도 움직이지 못했다.

존은 입을 딱 벌리고 아이를 쳐다보았다. 그 아이는 아무 일도 없었다는 듯이 다음 공을 기다리고 있었다. 한참이 지나서야, 겨우 존은 쓴웃음을 흘리며 고함을 질렀다.

"내 모자 집어 와! 공도!"

열 명의 아이들은 운동장으로 뛰어나가서 모자와 공을 가져다주었다. 존은 이제 이해가 되었다. 그 꼬맹이를 비웃느라 정신이 없어서 맥없는 공을 던졌고, 그 꼬맹이는 운 좋게도 안타를 친 것이다.

이번에 존은 웃지 않았다. 그는 손가락이 공의 빨간 실 땀을 파고들 정도로 세게 쥐었다가 팔을 크게 돌려 와인드업 한 뒤 공을 던졌다. 그리고 생각했다.

'요번 공은 완전 빨라서 내 눈에도 보이지 않을 정도잖아.'

그런 다음 그는 고개를 들고 몸을 돌린 뒤 날아가는 공을 따라갔지만, 공은 결국 센터필드 왼쪽 깊숙이 내려앉았다가 울타리를 향해 한 번 튀어 올랐다.

더 숨 막히는 정적이 흘렀다. "와!" 하고 누군가 외치긴 했다. 소리를 지른 아이는 곧바로 제 입을 손으로 막았다.

"공!"

존이 소리를 질렀다.

그는 공을 넘겨받았다. 모자를 땅바닥에 내동댕이쳤다. 콧김을 내뿜으며, 투우사와 맞선 황소처럼 씩씩거렸다. 그는 팔을 회전시키고 들어 올렸다가 앞으로 찌르며 내던졌다. 이번에 공은 곧장 날아가 울타리를 맞췄다.

더 이상 물러설 수는 없다. 다른 아이들은 환호성을 질러 댔다. 누군가가 공을 주우러 뛰어갔다. 아이들은 이제 그 이상을 기대하고 있었다.

세 번 더 던졌다. 홈런도 세 번 더 나왔다.

사이드라인은 완전히 아수라장이 되었다. 빨간색, 초록색 모자들이 빗발치듯 쏟아졌다.

존은 참을 수 없었다. 그래서 공을 아이의 머리에 정확히 겨누었다. 아이는 머리를 획 숙였다. 존은 소리쳤다.

"스트라이크 원!"

다음 투구는 아이의 허리를 향해 발사되었다. 아이는 공이 다가오자 허리를 굽혔다.

"스트으으으라이크 투!"

세 번째 공은 아이의 무릎을 은밀히 겨냥했고, 아이는 급히 몸을 숙이는 동시에 골프선수가 골프공을 치듯 야구공을 찰싹 때렸다. 그렇게 방망이를 휘두르는 광경을 누구도 본 적이 없었다. 공은 센터필드를 향해 먼지를 날리며 멋지게 날았다.

"야, 기다려, 꼬맹이."

존은 이빨을 드러내며 으르렁거렸다.

"오줌 누고 올게. 급해서 제대로 던질 수 없었어."

사이드라인에 서 있던 아이들은 존이 육중한 걸음으로 운동장을 벗어나서 선수 대기소를 지나 운동장과 도랑 사이의 수풀로 들어가도록 비켜섰다. 꽤 오랫동안 기다리면서도 그들은 생각했다. 그래, 존은 보통 아이보다 오줌 누는 시간도 더 길 거야. 어쩌면 강을 하나 만들고 돌아올 거야.

마침내 존은 글러브 속에 공을 쥐고, 악의로 가득 찬 눈빛을 번뜩 이며 마운드로 돌아왔다. 그는 와인드업을 하고 공을 던졌고, 공은 홈베이스를 향해 갔다. 그런데 이건 뭐지? 발 달린 공? 분명 발이 달 려 있었다. 홈베이스를 향해 바람개비처럼 회전하는 긴 발. 그건 공 이 아니라 개구리였다. 존은 낄낄 웃어대며 마운드에 섰고, 홈베이스 에 있던 아이는 눈이 휘둥그레졌다. 한 번도, 아니 어느 누구라도 빠 르게 날아오는 개구리를 쳐본 적이 없었기 때문이다.

과연 아이는 어떻게 했을까? 번트를 댔다. 아이는 개구리에 방망 이를 살짝 갖다 댔는데, 3루 방향으로 날아가는 완벽한 번트였다. 처 음으로 아이는 홈베이스를 떠났다. 그는 존이 충격에서 헤어나기도 전에 이미 2루에 상당히 가까이 갔다. 아이는 번트 홈런을 노린 것이 었다. 야구에서는 가장 보기 드문 경우로, 공으로 해도 성공하기 어 려웠다. 더군다나 개구리로는. 순간 존은 자신의 삼진 신기록이 동네 야구 역사의 단순한 티끌로 사라져 가는 것을 느꼈다.

존은 마운드에서 쿵쿵 내려와 개구리를 따라갔다. 개구리는 이제 3루 라인 쪽으로 펄쩍 뛰었다. 개구리는 라인에 매우 근접해 있었는 데 이때 존에게 기막힌 생각이 떠올랐다. 개구리를 선 밖으로 몰아내 면 그건 파울이 되는 것이었다. 존은 이 일을 발로 해치우려고 했다.

하지만 개구리는 신발에서 좌회전을 해 선 밖으로 나가는 대신, 신발을 펄쩍 뛰어넘어 3루 베이스 쪽으로 폴짝폴짝 뛰기 시작했다. 개구리는 녹색구장 왼쪽으로 향했고, 아이는 발바닥에서 딱딱거리는 운동화 탓에 주자 두 명이 뛰는 듯 시끄러운 소리를 내며 3루 베이스를 향해 먼지를 일으키며 달리고 있었다.

이제 희망은 단 하나. 존은 개구리를 붙잡아서 주자를 터치아웃 시키는 수밖에 없었다. 그러나 이제 개구리는 그의 다리 사이를 빠져나가 마운드 쪽으로 가더니 다시 유격수 쪽으로, 마침내는 2루 베이스 쪽으로 갔다. 존은 비틀거리며 몸을 쑥 내밀고 개구리를 향해 모자를 던지고 글러브까지 던졌다. 모두들 비명을 내질렀다. 아이는 3루 베이스를 돌아 홈베이스를 향해 달려왔고, 마침(뭘 아는 개구리였다!) '공'도 역시 홈베이스로 돌아오는 중이었다! 공, 타자, 투수 모두 홈베이스로 질주했고, 제일 처음 홈을 밟은 것은 어디서 왔는지 알 수 없는 그 낯선 아이였다. 그는 도착하자마자 책을 집고, 환호하는 아이들을 향해 빌린 빨간 야구 모자를 던져 준 뒤, 비어 있는 관중석 앞을 천천히 달려 큰길 쪽 언덕으로 올라갔다. 존은 숨을 헐떡이며 개구리 같은 목소리로 그에게 소리를 질렀다.

"이 동네 뜰 때까지 멈추지 마, 꼬맹이 놈아! 눈에 띄기만 해봐!"

이게 바로 제프리 머기가 세계 최초로 개구리 공을 때려 홈런을 친 이야기다.

08

이제 어떻게 해서 이 아이가 '마니악'으로 불리게 되었는지 이야기할 때다.

도시는 와글거렸다. 학교도 와글와글, 복도도 와글와글, 구내식당도, 거리도, 운동장도, 웨스트엔드도, 이스트엔드도 도시에 새로 나타난 아이에 대한 이야기로 와글거렸다. 낯선 아이, 책을 갖고 다니는 아이, 운동화 밑창이 너덜거리는 아이.

브라이언 데니가 큰손 제임스에게 던진 공을 가로챘고 데니조차 던져 본 적 없는 장거리 펀트를 한 아이.

아널드를 핀스터월드 씨의 뒷마당에서 구출해 낸 아이.

거인 존 맥냅의 강속구를 몇 번씩이나 톡톡 쳐내더니, 결국에는 개구리를 번트해서 야구장을 한 바퀴 돌았다는 그 아이.

누가 처음 말했는지 아무도 모르지만, 누군가 틀림없이 말했다.

"그 애는 마니악일 거야."

다른 누군가도 동의했다.

"그래, 정말 마니악이야."

그러자 또 다른 누군가가 말했다.

"맞아."

그렇게 된 것이다. 아무도 (아만다 빌을 빼고는) 그 아이의 실제 이름을 듣지 못했고, 얼마 지나지 않아 그 낯선 아이에 대해 이야기하고 싶을 때마다 그들은 아이를 이렇게 불렀다.

"마니악."

전설에 이름이 생긴 것이다.

그러나 주소는 생기지 않았다. 최소한, 숫자가 있는 공식적인 주소는 없었다.

마니악의 주소라고는 엘름우드 파크 동물원의 사슴 우리뿐이었는데, 도시에 도착한 뒤 처음 며칠 밤을 그곳에서 잤다. 사슴이 먹는 것, 특히 당근, 사과 그리고 오래된 햄버거 빵 따위를 마니악도 먹었다.

마니악은 아만다에게 빌린 책을 도시에 온 지 이틀째 되던 날부터 읽기 시작해서 오후가 되자 끝까지 읽어 버렸다. 원래는 즉시 돌려줄 생각이었지만, 어린이 십자군 이야기에 몹시 매혹된 나머지 책을 가지고 있다가 다음 날 또 읽었다. 그다음 날도.

책을 읽지 않을 때는 도시를 돌아다녔다. 사람들은 보통 돌아다닐 때 걷지만 마니악은 달렸다. 도시를, 근처 마을을, 항상 책을 들고, 책을 더럽히지 않으려고 세심하게 보관하면서.

　가끔 그러하듯 인생이 예상치 못한 방향으로 흘러갔을 때도, 그는 이렇게 평소처럼 달리며 사방을 돌아다녔다.

09

존은 삼진으로 잡을 수 없는 상대를 지금까지 만나 본 적이 없었
다. 그 꼬맹이가 나타날 때까지는. 이리저리 궁리한 끝에 존은 두 가
지 결론을 내렸다.

　첫째, 자기 기록에 상처 남긴 것을 도저히 참을 수 없다.

　둘째, 그 녀석을 때려눕히면 삼진아웃 시킨 거나 마찬가지다.

　그래서 존과 친구들은 그 아이를 찾으러 다녔다. 그들은 스스로를
'코브라들'이라고 불렀다. 아무도 그들을 막지 못했다. 최소한, 웨스
트엔드에 있는 아이들은.

　코브라들은 아이가 공원과 기찻길 근처를 돌아다닌다는 소식을
들었고, 마침내 어느 토요일 오후 오리올가에 있는 길옆 기찻길에서
아이를 발견했다. 아이는 언덕을 내려와서 그들을 등지고 가려는 참
이었다. 언제나처럼 책을 손에 들고.

　코브라들은 하얗게 질려 그 자리에 멈췄다.

"도저히 믿을 수 없어."

코브라 한 명이 말했다.

"속임수일 거야."

다른 아이가 말했다.

"소문을 들었을 때 설마 했는데."

또 다른 아이가 말했다.

속임수는 없었다. 그것은 진짜였다. 그 아이는 레일 위를 '달리고' 있었다.

존은 철길에서 돌을 집었다. 하나를 던진 후 으르렁거렸다.

"넌 죽었어. 잡으러 가자!"

마니악이 뒤를 돌아보니, 코브라들이 거의 따라붙은 상태였다. 마니악은 한 번 비틀거리고는 레일에서 땅으로 뛰어내렸다. 오리올가의 막다른 길이었는데, 그의 본능은 '안 돼, 길 쪽으로 가면 안 돼, 너무 탁 트였어'라고 일러 주었다. 그는 철로에서 벗어나지 않았다. 머리 위로 펼쳐진 풍경에 레이코 힐 위에 있는 피크웰 집이 보였다. 그곳에서 스파게티를 먹은 적이 있었다. 휘파람 부는 엄마와 아이들에게 가면 안전할지도 모른다고 생각했다. 코브라들은 거기까지는 따라오지 않을 것이니까. 아니, 따라오려나?

돌멩이가 계속 날아와 레일에 부딪쳐 탕하고 튕겨나갔다. 아이는 왼쪽으로 돌진해 쓰레기 더미의 언저리를 지나 돌투성이 산들을 이리저리 피해 숲속으로 들어갔다. 스키를 타듯 뒤꿈치로 가파른 둑을 내려와 도랑으로 가니 개구리들은 물속으로 풍덩 뛰어들고, 발 밑에 있는 돌을 피할 시간도 없었다. 등 뒤에서는 고함, 전쟁터의 함 성 같은 게 들렸다. 물로 풍덩 뛰어들자 등을 얼얼하게 하는 돌멩이 들……. 수풀과 콕콕 찌르는 덤불을 헤쳤더니 다른 길이 나왔다. 지 프차를 지나니 공원 큰길이었다. 모퉁이에 있는 이탈리아 식당, 빵 가게, 낮은 집, 거리, 골목길, 자동차, 현관, 창문, 쳐다보는 얼굴, 얼굴, 얼굴이 지나갔다……. 마니악을 윙윙 지나가는 도시, 흐릿한 얼굴들, 자기들의 창문에서 쳐다보는 얼굴 하나하나. 자신만의 공간, 자신만 의 집, 자신만의 주소에서 내다보는 얼굴들. 갈 곳이 없을 때 집에서, 집 창문에서 밖을 내다볼 수 있다면 얼마나 행복할까…….

그리고 마침내 뒤에서 들려오던 목소리가 점차 희미해졌다. 정말 일까? 그는 속도를 늦추고 몸을 돌리고 멈췄다. 그들은 한 블록 뒤에 서 있었다. 아직도 고함을 지르고 주먹을 흔들어 댔지만 건너오지는 않았다. 그리고 웃고 있었다. 왜 웃지?

코브라들은 헥터가에 서 있었다. 헥터가는 이스트엔드와 웨스트 엔드의 경계에 있었다. 달리 말하면 백인과 흑인 사이의 경계에! 이 스트엔드에서 백인을 보거나 웨스트엔드에서 흑인을 볼 수 없다는 것은 아니었다. 사람들은 가끔씩 그 선을 넘나들었는데 특히 어른일 경우, 그리고 대낮일 경우에 그랬다.

하지만 밤이 되면 그건 있을 수 없는 일이다. 그리고 아이의 경우 에는 밤이든 낮이든 더욱 있을 수 없는 일이다. 운동선수거나 학교 때문에 다른 쪽에 볼일이 있다면 몰라도. 따라서 어떤 아이라도 자기가 속한 곳이 여기라는 듯, 겁나지 않는다는 듯, 주변의 모든 사람과 피부색이 다르다는 사실을 깨닫지 못했다는 듯 근처를 서성이면 안된다.

코브라들은 그걸 알고 웃어 댔다. 저 지저분하고 덥수룩한 꼬마 녀석이 이스트엔드로 뛰어들다니, 몰려드는 악어 사이에 맨발을 집어넣은 꼴이라고 생각한 것이다.

10

물론 마니악은 그런 사실을 전혀 알지 못했다. 단지 추격이 끝났다는 게 기뻤다. 그는 몸을 돌리고 숨을 고르며 걷기 시작했다.

이스트 체스트넛, 이스트 마셜, 그린가, 아치가. 전에 여기 온 적이 있었다. 아만다라는 여자아이를 만난 첫째 날, 그리고 조깅하던 다른 날에도 몇 번. 그러나 지금은 토요일, 학교 가는 날이 아니었고 거리는 뭔가 달랐다. 아이들은 사방에 있었다.

한 아이가 갑자기 현관 계단에서 마니악 앞으로 펄쩍 뛰어내렸다. 마니악은 그 아이와 부딪히지 않으려고 급히 멈췄다. 그럼에도 두 사람의 코는 사실상 맞닿아 있었다.

마니악은 눈을 깜빡이고 뒤로 물러섰다. 그 아이는 다가왔다. 마니악이 뒤로 한 걸음 물러설 때마다, 그 아이는 한 걸음씩 다가왔다. 결국 둘은 그런 식으로 블록을 절반이나 지나도록 맞섰다. 마침내 마니악은 뒤돌아서 걷기 시작했다. 그러자 그 아이도 뛰어서 다시 마니악의 앞길을 가로막았다. 그리고 들고 있던 초코바를 한입 덥석 깨물었다.

"너, 어디 가냐?"

그 아이가 물었다. 그러자 초콜릿 조각들이 입에서 튀어나왔다.

"시카모어가를 찾고 있어."

마니악이 말했다.

"혹시 어딘지 아니?"

"당근이지."

마니악은 한참 기다렸지만 그 아이는 그 이상 아무 말도 하지 않았다.

"저, 거기가 어딘지 가르쳐 주지 않을래?"

그 애의 눈빛은 돌멩이도 얼어붙게 할 만큼 차가웠다.

"싫은데."

마니악은 주변을 둘러보았다. 놀던 아이들은 멈춰서 둘을 쳐다보고 있었다.

누군가 소리쳤다.

"한 방 먹여 버려, 초코바!"

다른 누군가가 말했다.

"끝장내!"

그 아이는 다름 아닌 초코바 톰프슨이었다. 초코바는 외치는 소리를 들었고 눈빛은 더 차가워졌다. 그러다가 노려보던 시선을 거두고 갑자기 미소를 지었다. 그는 초코바를 마니악의 입술에 닿을듯 말듯 하게 내밀었다.

"먹고 싶냐?"

마니악은 망설였다.

"진심이니?"

"그래, 걱정 말고 먹으라니까."

마니악은 어깨를 으쓱하고는 초코바를 받아서 한입 덥석 깨물고 되돌려 주었다.

"고마워."

거리에는 죽음 같은 정적이 흘렀다. 쟤는 뇌가 없는 거 아냐? 초코 바의 이름딱지가 붙은 것을 어적어적 씹어 먹었어. 게다가 백인 애들은 흑인 아이가 가지고 있는 거라면 소다 병이든 숟가락이든 막대 사탕이든, 뭐든지 입에 대지도 않잖아. 그것도 모자라 아이는 초코바 가 입 댄 곳을 가려서 먹지도 않았어. 초코바의 이빨 자국이 있는 곳 을 덥석 깨물었잖아.

초코바 톰프슨은 혼란스러웠다. 이 녀석은 대체 누구지? 도대체 정체가 뭐야?

혼란스러워지면 초코바는 난폭해지곤 했다. 그는 마니악의 가슴 을 세게 쳤다.

"너, 무슨 꿍꿍이야?"

초코바보다 두 배는 어리둥절해진 마니악이 눈을 끔벅였다.

"뭐?"

"여기 와서 나쁜 짓을 하려는 거지? 그런 거지?"

초코바는 이제 확실히 고함을 지르고 있었다.

"아니야."

마니악은 말을 이었다.

"난 꿍꿍이 같은 거 전혀 없어. 물론 내가 천사라는 뜻은 아니야. 사실 착하지도 않지. 그 중간쯤인 것 같은데."

초코바는 팔을 거칠게 늘어뜨리고 턱을 내밀며 빈정거렸다.

"그럼 내가 나쁘다는 거야?"

마니악은 당황했다.

"모르겠어. 언제는 소리를 지르더니 다음에는 초코바를 깨물어 먹으라고 하니까."

그러자 턱이 좀 더 튀어나왔다.

"내가 나쁘다고 말해 보시지."

마니악은 대답하지 않았다. 파리들도 윙윙거림을 그쳤다.

"말해 보라니까."

마니악은 눈을 깜빡거리고, 어깨를 으쓱하더니 한숨을 쉬었다.

"나랑 상관없어. 야단맞고 싶으면 네 엄마나 아빠에게 부탁해."

이제 눈을 끔벅거리며 뒤로 물러나 상황을 이해하려고 애쓰는 사람은 초코바였다. 잠시 뒤 그는 아래를 흘끗 보았다.

"그건 뭐냐?"

마니악이 대답하기도 전에 초코바는 마니악의 손에서 책을 낚아 챘다.

"네 녀석 책은 아니군."

그는 손가락을 튕기며 책장을 넘기고 말을 이었다.

"내 책 같은데."

"딴 사람 거야."

"내 거야. 내가 갖겠어."

방울뱀처럼 재빨리 마니악은 그 책을 다시 낚아챘다. 한 장만 빼고. 한 장은 뜯긴 채 초코바의 손에 남아 있었다.

"돌려줘."

마니악이 말했다.

초코바는 히죽거렸다.

"가져가 보시지, 흰둥아."

정적이 흘렀다. 눈이 마주쳤다. 이스트엔드의 탐욕스런 파리들도 숨을 죽였다.

갑자기 두 아이는 서로를 볼 수 없었다. 둘 사이에 빗자루가 공중에서 날아와 마치 지푸라기로 된 커튼처럼 눈앞을 가린 탓이다. 그리고 목소리가 들렸다.

"내가 가져가지."

가장 가까이 있던 집에서 계단을 쓸기 위해 나왔던 아줌마였다. 그녀는 빗자루를 내렸지만 여전히 둘 사이를 가로막은 채였다.

그녀는 초코바에게 말했다.

"저 애한테 돌려줘."

초코바는 고개를 들고 그녀를 쏘아보았다. 이스트엔드에서 초코바의 눈초리를 견딜 수 있는 열한 살짜리 아이는 없었다. 웨스트엔드에서는 고등학생이라도 그 눈초리 아래에서는 가루가 된다고 알려졌다. 헥터가 양편의 노부인들에게 그것은 죽음의 선고와도 같았다. 초코바가 차도에 내려가 느려터진 속도로 질퍽거리는 걸음을 옮기며 쏘아보면 그가 거리를 건너는 10분 내내 브리지포트로 가는 자동차들이 정체된다는 말도 있었다.

그러나 이번엔 아니었다. 초코바의 상대는 기운이 넘치는 아줌마였고 그녀는 눈 한 번 깜빡이지 않았다. 드디어 눈싸움이 끝났을 때 매서운 눈빛은 한 사람의 눈에만 남았는데, 분명 초코바의 눈은 아니었다.

초코바는 찢어진 책장을 공처럼 마구 구긴 다음에야 돌려주었다. 빗자루는 초코바를 다음 거리 쪽으로 쓸어 보냈다.

아줌마는 매서움이 약간 남은 눈으로 마니악을 내려다보았다.

"애, 빨리 너희 동네로 돌아가거라. 내가 계속 네 뒤를 따라다닐 수는 없는 노릇이잖니. 나도 할 일이 있다고."

마니악은 잠시 그곳에 서 있었다. 그가 하고 싶은 뭔가가 있었고, 할 수도 있었을 텐데 그 아줌마는 몸을 돌리고 집 안으로 들어가 문을 닫아 버렸다. 그래서 마니악도 걸음을 옮겼다.

11

이제 어떡하지?

마니악은 구겨진 종이를 되도록 평평하게 만들었다. 이 상태로 아만다에게 책을 돌려줄 수 있을까? 그럴 수 없었다. 하지만 그래야 했다. 아만다의 책이니까. 그날 아침의 일로 미루어 보아 그녀는 책에 대한 집착이 굉장했다. 어느 쪽이 그녀를 더 화나게 할까? 책을 돌려받지 못하는 것? 아니면 한 장이 찢어진 채로 돌려받는 것? 어느 쪽이든 겁이 났다.

그는 이스트엔드 근처를 서두르지 않고 천천히 뛰며 돌아다니다가 마침내 시카모어가 728번지를 발견했다. 공터를 지나가다가 너무나 귀에 익은 목소리를 들었다.

"이봐, 흰둥이!"

멈춰서 몸을 돌렸다. 이번에는 초코바 혼자가 아니었다. 여러 명이 우르르 길을 따라 몰려오고 있었다.

마니악은 기다렸다.

가까이 다가온 초코바가 말했다.

"너 어디로 뛰어가니?"

"아무 데도."

"겁쟁이야, 도망가는 거지?"

"아니, 난 뛰는 걸 좋아할 뿐인데."

"뛰고 싶어?"

초코바는 히죽 웃으며 말을 이었다.

"그럼 달려 봐. 먼저 출발하게 해주지."

마니악도 싱긋 웃었다.

"괜찮아."

초코바가 손을 내밀며 말했다.

"내 책 내놔."

마니악은 고개를 저었다.

초코바는 노려보았다.

"내놔."

마니악은 고개를 저었다.

초코바는 책을 향해 손을 뻗었다. 마니악은 책을 뒤로 뺐다.

아이들은 마니악을 에워싸 궁지로 몰아갔다. 고등학생 몇몇이 거리 위쪽에서 농구를 하고 있었지만 눈치채지 못했다. 빗자루를 휘두르던 부인도 보이지 않았다. 마니악의 등에 딱딱하고 평평한 것이 느껴졌다. 갑자기 그의 세계는 매우 작아졌다. 뒤에는 벽돌로 된 벽이, 앞에는 줄지어 선 무서운 얼굴들이 있었다. 그는 두 손으로 책을 움켜쥐었다. 얼굴들이 가까이 다가왔다.

그때 누군가가 소리쳤다.

"혹시, 제프리니?"

얼굴들이 멀어졌다. 길턱에 자전거를 탄 여자아이가 있었다. 바로 아만다였다! 그녀는 보도로 자전거를 끌어올린 뒤 아이들 쪽으로 걸어왔다. 그리고 책을, 한 장이 찢겨져 나간 책을 보았다.

"내 책, 누가 찢었어?"

초코바는 마니악을 가리켰다.

"저 녀석이야."

아만다는 영리했다.

"내 책을 찢은 건 너야."

초코바의 눈은 전조등만큼 휘둥그레졌다.

"아니야!"

"네가 그랬어. 거짓말쟁이."

"아니라니까!"

"그랬잖아!"

아만다는 자전거를 마니악 쪽으로 넘어뜨렸다. 그녀는 책을 쥐고 초코바가 아끼는 운동화를 발로 차기 시작했다.

"우리 집에는 내 책에 낙서를 해대는 남동생과 여동생이 있어. 내 책을 물어뜯고 오줌을 갈겨대는 개도 있지만 가족이니까 봐주는 거란 말이야. 그리고 나는, 누구라도, 내 책을 망가뜨리면 도저히 용서 못 해! 내 말 알아들어?"

아만다가 말하는 동안 초코바는 농구하는 학생들을 지나 거리 위쪽으로 떠밀려 갔는데, 농구하던 학생들은 웃음을 터뜨리며 아스팔트 위를 구르고 있었다.

마니악은 아만다에게 찢어진 책장을 건넸다. 아만다에게 그것은 새의 부러진 날개였고, 빗속에 나앉은 동물이었다. 그녀는 마니악에게 젖은 눈동자를 돌렸다.

"내가 좋아하는 부분인데."

마니악은 미소를 지었다.

"붙일 수 있어."

마니악이 말하자 아만다는 마음이 놓였다.

"우리 집에 갈래?"

"그래."

12

집으로 들어갔을 때 아만다의 엄마는 늘 사용하는 청소 도구를 들고 정신없이 일하고 있었다. 바로 노란 양동이와 스펀지였다. 그녀는 텔레비전 화면에 묻은 자주색 크레용을 닦아 냈다.

"엄마."

아만다가 말했다.

"얘는 제프리……."

아만다는 속삭였다.

"성이 뭐지?"

그는 "머기"라고 속삭였다.

아만다는 "……머기야"라고 말했다.

빌 부인은 한 손을 들더니 "기다려"라고 말하고는 계속 걸레질을 했다. 마침내 일이 끝나자 그녀는 일어나 몸을 돌리며 말했다.

"자, 뭐라고?"

"엄마, 얘는 제프리 머기야. 알잖아?"

아만다가 말을 끝내기도 전에 마니악은 다가가 손을 내밀었다.

"안녕하세요, 저기, 저……."

"빌."

"빌 아주머니."

그들은 악수했다. 빌 부인은 미소를 지었다.

"네가 그 책벌레 소년이구나."

그녀는 고개를 끄덕이기 시작했다.

"어느 날 우리 아만다가 집에 와서 말했지. '엄마, 어떤 남자애한테 책을 한 권 빌려줬어요!' '책을 빌려줘? 네가?' '엄마, 이상하게 마음이 약해졌어요. 그 애는 책을 정말 좋아해요. 내가 그 애를 만난 건…….'"

"엄마아!"

아만다가 꽥 소리를 질렀다.

"내가 언제 그랬어요!"

아만다의 엄마는 진지하게 고개를 끄덕이고, "물론 그런 적 없지" 하며 마니악에게 큼지막한 윙크를 보냈다. 그러자 아만다는 더 크게 소리를 질렀다. 바로 그때 부엌에서 와장창하는 소리가 들렸다. 아만다의 엄마는 달려갔다. 아만다와 마니악도 달렸다.

부엌에서 벌어진 광경을 보고 모두 얼어붙었다. 조리대 위에 서 있는 건 눈이 동그래진 꼬마 여자아이. 여자애 바로 밑에 있는 의자에 서 있는 건 역시 눈이 동그래진 꼬마 남자아이. 바닥에는 깨진 유리그릇 파편과 끈적거리는 음식이 약간. 소금에 절인 양배추에서는 김이 모락모락 났다.

여자아이는 헤스터, 네 살이었다. 남아자이는 레스터, 세 살이었다. 아만다의 엄마와 아만다가 마루를 치우는 동안 5분도 안 되어 헤스터와 레스터 그리고 그 집의 개 바우와우는 뒷마당에서 새로운 친구(또는 희생자) 마니악을 넘어뜨리고 간지럼을 태우고 달려들며 떠들썩하게 놀았다.

마니악은 아만다의 아빠가 타이어 공장에서 토요일 교대 근무를 마치고 집으로 돌아왔을 때에도 거기에 있었다. 저녁 식사를 할 땐 헤스터와 레스터가 자기들의 의자를 마니악의 의자 옆으로 밀었다. 마니악은 또 아만다를 도와 찢어진 책을 붙였다. 그러고 나서 한쪽 무릎에 헤스터, 다른 쪽 무릎에는 레스터를 앉히고 텔레비전을 함께 봤다.

헤스터와 레스터가 책 한 권을 가지고 소리를 지르며 계단을 내려올 때 아만다는 더 큰 비명을 지르며 쫓아왔지만 동생들이 책을 마니악의 무릎에 놓는 것을 보고 화내는 것을 그만두었다. 책에 낙서를 하려는 것이 아니고 마니악에게 읽어 달라고 하려는 것을 알았기 때문이다. 그리고 그는 《악어 라일》을 헤스터와 레스터에게 읽어 주었고, 듣지 않는 척했지만 아만다와 빌 부부도 귀를 기울였다.

마침내 잠들 시간이 되어 헤스터와 레스터가 위층 잠자리로 몰려갔을 때, 아만다의 엄마는 물었다. "집에 갈 시간인 것 같지 않니, 머기? 부모님이 걱정하고 계실 거야."

마니악은 무슨 말을 하고 싶었지만 결국 어찌할 바를 모른 채 집에 데려다 주겠다는 아만다 아빠의 차에 올라탔다. 그리고 실수를 하고 말았다. 두세 블록도 채 가지 않고 아만다 아빠에게 "여기예요"라고 말한 것이다.

아만다 아빠는 차를 멈췄지만 마니악을 내려 주지 않았다. 그는 의심스러운 눈으로 마니악을 바라보았다. 자신의 승객이 틀림없이 모르는 사실을 그는 알고 있었다. 이스트엔드는 이스트엔드였고 웨스트엔드는 웨스트엔드였으며, 이 백인 남자아이가 가리키는 집은 흑인들로 가득 차 있었다. 헥터가에 줄 지어 선 다른 집들과 마찬가지로.

아만다의 아빠는 이 사실을 마니악에게 알려 주었다. 마니악의 입술은 떨리기 시작했고, 바로 거기, 길 한가운데서 빈둥거리고 있는 차 안에서, 마니악은 사실 동물원에 있는 사슴 우리를 빼고는 집이 없다고 말했다.

그는 곧장 차를 돌려 집으로 향했다. 그들이 집으로 들어올 때 아만다의 엄마만 아래층에 있었다. 그녀는 아만다 아빠의 설명을 듣고 10초도 안 되어 마니악에게 말했다.

"여기서 지내렴."

곧 마니악은 아만다의 침대에 누웠고, 아만다는 헤스터와 레스터의 방으로 옮겼다. 원래 아만다는 종종 동생들 방에서 자곤 했었다.

마니악에게는 잠들기 전에 할 일이 있었다. 소년은 이불을 확 젖히고 아래층으로 갔다. 빌 부부의 놀란 얼굴을 지나, 마니악은 현관문을 열고 문가에 못으로 박아 놓은 강철로 된 숫자 세 개를 보았다. '728'. 그는 웃으면서 한참 동안 그것을 빤히 쳐다보았다. 그런 다음 문을 닫고 기운차게 "안녕히 주무세요"라고 말하며 침대로 돌아갔다.

드디어 마니악 머기에게도 주소가 생긴 것이다.

13

아만다는 마니악에게 자신의 방을 주게 되어 정말 기뻤다. 매일 밤 헤스터, 레스터와 함께 잘 수 있는 핑계가 생겼기 때문이다. 낮 시간에 두 꼬마는 아만다를 미치게 만들었다. 같은 행성에 살고 있다는 사실이 참을 수 없을 정도였다. 그러나 밤이 되어 찰싹 달라붙은 아이들을 양쪽에 끼고 자는 기분은 최고였다. 이상하지만, 어쨌든 그랬다.

아만다의 아빠는 합판을 사용해서 꼬마들의 방을 두 구역으로 나눴고, 아만다는 안쪽 구역으로 짐을 옮겼다. 하지만 책으로 가득 찬 여행 가방만은 예전 방에 마니악과 함께 남겨 두었다.

마니악은 어찌나 적응을 잘하는지 그 집에서 태어났다고 생각할 정도였다. 그는 꼬마들과 놀았고 책을 읽어 주었으며 여러 가지를 가르쳤다. 바우와우를 데리고 나가 달렸고 부탁한 사람도 없는데 설거지를 했다(이것 때문에 아만다는 양심이 찔리는지 그릇의 물기를 닦기 시작했다).

쓰레기를 나르고, 풀을 베고, 자기가 흘린 것은 스스로 닦고, 사용하지 않는 불은 끄고, 치약 뚜껑을 치약 튜브에 꽂고, 화장실 물을 내렸다. 그리고 아만다의 엄마가 한때 '시카모어가의 기적'이라고 부른 방을 늘 깨끗하게 정돈했다.

매일 아침 그녀는 방을 들여다보았다. 바닥에 흩어진 양말도 없고, 열린 서랍도 없고, 침대도 흐트러지지 않았다. 무엇보다 놀라운 것은 바로 침대였다. 아무도 잔 적이 없는 듯했다. 그리고 그게 사실이라는 것을 그녀는 곧 알게 되었다.

어느 늦은 밤, 아만다의 엄마는 문을 열어 보고 바닥에서 자고 있는 마니악을 발견했다. 그녀는 그를 침대로 옮겨 놓았지만, 다음 날 밤이 되면 그는 다시 바닥에 있었다. 마니악은 너무 편안한 느낌을 참지 못하는 것뿐이었다. 매트리스에 누워 있으면 누군가 으깬 감자 덩어리처럼 자기 몸을 천천히 펴서 올리는 것처럼 묘한 기분이 들었다. 의자도 그랬다. 선택할 수 있다면 그는 보통 바닥에 앉았다.

다른 이상한 일도 일어나기 시작했다.

노란 양동이와 스펀지는 지하실에서 먼지 먹는 시간이 길어졌고, 아만다 엄마의 손에 들려 있는 시간은 짧아졌다. 마니악과 어울리느라 헤스터와 레스터가 크레용으로 낙서하는 일에 흥미를 잃었기 때문이다. 그래서 그녀는 두 꼬마가 태어난 뒤 한 번도 해보지 못한 일을 무려 15분이나 하기도 했다. 바로 아무것도 안 하기!

또 아만다는 책이 든 여행 가방을 집에 놓고 다니기 시작했다.

이런 일도 있었다. 모든 가족의 손가락 끝에 나 있던 상처가 아물기 시작했다. 헤스터와 레스터의 운동화 끈을 풀어 주는 끝없고 귀찮은 일을 마니악이 맡았기 때문이다.

게다가 헤스터와 레스터는 목욕을 재미있어 하기 시작했다. 이것으로 아만다의 가족에게 있어서 말할 수 없이 엄청난 문젯거리가 해결되었다.

옛날 옛적, 헤스터와 레스터는 목욕하는 것을 정말 좋아했다 ─ 아만다가 함께하는 한! 좀 혼잡하긴 했어도 꼬마들이 배와 떠다니는 공룡까지 합세시킬 때면 재미있고 따뜻했으며 비명 소리와 비누 거품이 가득했다.

그러다 아만다가 4학년이 되자, 그녀는 어린 동생들과 함께 목욕할 나이가 지났다고 생각했다. 꼬마들은 아만다에게 조르고 또 졸랐지만 그녀는 함께 들어가려 하지 않았다. 아만다가 욕실에 있을 때 꼬마들이 돌격해 오면, 그녀는 문을 잠가 버렸다.

그렇게 해서 꼬마들은 파업에 들어갔다. 그들은 책《악어 라일》에 손을 올려놓고 아만다가 함께 할 때까지 다시는 목욕을 하지 않겠노라고 맹세했다.

훨씬 더 몸집이 큰 엄마가 자기들을 들어 올려서 물속에 빠뜨리는 일을 피할 수는 없었지만 비누나 수건은 만지려고 하지 않았다. 그런 것들을 만지는 일은 엄마에게 미뤘다. 그리고 턱을 가슴으로 끌어당기고 팔짱을 꼭 끼고 다리를 단단히 조인 채 아주 뻣뻣하게 앉았다.

겨드랑이를 씻기려면 아만다의 엄마는 기중기를 가져와서 꼬마들의 팔을 들어 올려야 할 정도였다. 두 꼬마가 무슨 일이 있어도 움직이지 않는 탓이었다.

오랫동안 그런 식이었다. 마니악이 나타날 때까지는.

그 첫 번째 일요일, 꼬마들은 새로운 친구가 집에서 잤다는 것을 알아내자마자 졸라댔다.

"마니악! 마니악! 우리랑 목욕하자! 응? 그럴 거지?"

"그래, 좋아."

마니악은 선뜻 대답했다.

하지만 그때는 아침 식사도 하기 전이었다.

그러나 꼬마들은 절대 포기하지 않았고, 정확히 아침 9시 15분에 셋은 목욕탕으로 들어갔다. 그들이 나올 때쯤엔 교회에 가기에는 너무 늦은 데다 거의 점심때였다.

그날 이후로 목욕은 보통 밤에 하게 되었다. 아만다의 엄마는 가끔 머리를 쑥 들이밀고 바라보았다. 흑인 꼬마 여자아이, 흑인 꼬마 남자아이, 백인 소년. 그녀는 미소를 짓고 고개를 흔들며 한숨을 쉬곤 했다.

"이런 목욕탕은 본 적이 없어."

어느 날 아만다의 엄마는 아래층에 있다가 도와달라고 외치는 헤스터와 레스터의 목소리를 들었다. 그녀는 달려갔다.

"무슨 일이야?"

꼬마들이 가리켰다.

"이것 봐요!"

마니악의 몸에 온통 두드러기가 나 있었다. 둥글고 붉은 두드러기는 목욕물에 젖어 반짝거렸고 작은 페퍼로니처럼 보였다.

그들은 마니악을 의사에게 데리고 갔다. 의사는 진찰을 하더니 다행히 수두나 홍역은 아니라고 말했다. 알레르기로 보인다면서 의사는 아이가 저녁으로 무얼 먹었는지 물었다.

"피자예요."

빌 부인이 대답했다.

"그렇군요."

의사는 쿡쿡 웃으면서 말했다.

"이럴 수가. 피자를 먹고 알레르기를 일으킬 줄 누가 짐작이나 했겠어요?"

모두들 웃음을 터뜨렸다.

"그리고,"

의사는 말을 이었다.

"이 증상은 이 애가 어렸을 때부터, 피자 근처에 있을 때마다 나타났을 겁니다."

그는 계속 싱글거리면서 마니악 쪽으로 몸을 돌렸다.

"설마 피자를 처음 먹어 본 건 아닐 테지, 응?"

마니악의 얼굴에 나타난 표정은 우스꽝스러웠다. 그는 주변을 둘러보았다. 모두 그를 쳐다보고 있었다. 마니악의 침묵이 길어질수록 사람들의 눈은 더 커졌다…….

이렇게 해서 그들은 마니악 머기가 피자에 알레르기가 있다는 사실을 알게 되었다.

14

마니악은 그의 새로운 삶을 사랑했다.

아만다의 엄마가 사준 새 운동화를 사랑했다.

이른 아침 바우와우와 함께 거리를 총총 걸을 때 아무 소리가 나지 않는 자신의 발걸음을 사랑했다.

그는 이른 아침을 사랑했다. 그는 그때를 '일하는 사람들이 깨어나기 전 시간'이라고 불렀다. 가장 이른 시각에 일터로 나가는 사람들조차 아직도 집 어둠 속에서 자고 있었다. 온 세상은 그가 침실 바닥에서 깨어나기 직전에 창조된 것 같았다. 붉은 벽돌집들, 내다보는 얼굴이 아직 없는 창문들, 차갑고 조용한 보도와 거리. 모두 쥐죽은 듯 조용했다. 너무나 고요해서 태양이 홈통 위에 빛을 비추는 동안 저 멀리 하수구에서 흐르는 물소리까지 들려왔다.

그는 고요와 고독을 사랑했다.

그리고 날이 밝아 들려오는 소음도 사랑했다.

그는 프라이팬에 올려진 팬케이크 반죽의 쉬쉬 소리를 사랑했다.

일요일 아침마다 가는 교회에서 들리는 소리도 사랑했다. 베다니라는 교회였는데 목사님이 설교단을 탕 치며 강조하면 사람들은 "아멘!"이라고 외쳤고, 성가대가 양쪽으로 몸을 까딱거리며 "할렐루야!" 하고 노래를 부르면 사람들은 성가대를 향해 "할렐루야!" 하고 응답했다. 모든 사람이 전보다 점점 더 행복해했고, 그 모든 것은 마니악이 달리기보다 더 하고 싶은 일이 되었다. 그래서 어느 날 그는 의자 위로 올라가 하늘을 향해 팔을 번쩍 들며 목청이 터지도록 외쳤다. "할렐루야! 아멘!"

이번에는 아무도 혼자 소리 지르는 이 정신 나간 아이를 수상쩍게 보지 않았다. 그런데 그의 가족 중 두 사람, 헤스터와 레스터가 마니악을 따라 의자 위로 펄쩍 뛰어올라 크게 외쳤다.

"할렐루야! 아- 멘!"

모두들 웃음을 터뜨리고 손뼉을 치며 노래를 불렀다.

그는 7월 4일에 열리는 마을 잔치를 사랑했다. 그때는 이스트엔드에 사는 사람들은 누구나 게임과 음악과 구운 닭요리와 갈비와 고구마 파이 때문에 종일 모여들었고 마지막 폭죽이 터질 때까지 춤을 추었다.

마니악은 이스트엔드의 색, 사람들의 피부색을 사랑했다.

아무리 노력해도 그는 왜 이 이스트엔드 사람들이 스스로를 검다고 말하는지 이해할 수 없었다. 바라보고 또 바라보았지만, 그가 발견한 색은 생강 쿠키, 밝은 퍼지(설탕, 버터, 우유, 초콜릿으로 만든 물렁한 사탕류-옮긴이), 짙은 퍼지, 도토리, 버터 럼주, 그을린 오렌지의 색 등이었다. 마니악이 진짜 검은색이라고 생각하는 감초 색은 아니었다.

마니악은 특히 아만다 엄마의 따뜻한 갈색 엄지손가락을 사랑했다. 그녀는 가장 자신 있게 만드는 케이크를 장식할 때, 손가락에 묻은 하얀 크림을 그가 핥게 해주었다.

그는 공터에서 모든 피부색과 어울려 놀며 보내는 여름날을 사랑했다. 스틱볼(막대기와 고무공으로 하는 놀이-옮긴이), 농구, 미식축구 등을 하면서 놀다 보면 점심을 먹으러 집에 가는 걸 까맣게 잊곤 했다.

어느 날 키 크고 마른 아이가 미식축구공을 돌리며 공터에 왔다. 그는 마니악을 발견하고는 얼어붙어 버렸다. 그는 더 가까이 와서 몸을 굽혀 쳐다보았다. 그런 뒤 광고용 사진에나 나오는 웃음을 흘리며 외쳤다.

"이봐, 친구들! 체육 시간에 나한테 오는 패스를 가로챈 백인 꼬마 녀석, 내가 말한 거 기억나지? 여기 있어. 바로 이 녀석이었어!"

그는 바로 큰손 제임스였다.

경기를 하려고 팀을 나눌 때 큰손은 우선 마니악을 자기편으로 뽑았다.

"미쳤구나, 큰손."

고등학생이 비웃었다.

"꼬맹이잖아. 뽀얀 솜털도 아직 가시지 않았어."

모두들 웃음을 터뜨렸다.

하지만 큰손은 어쨌든 마니악을 데리고 갔고 쿼터백을 하면서 온종일 그에게 패스를 했다. 그들은 우르르 먼지를 날리며 경기를 했다. 주석 깡통이 있는 곳에 터치다운을 하고 득점을 하면 숨을 돌렸다. 바위 근처에서 멈췄다 다시 시작했다. 고물 타이어 주변을 뱅뱅 돌았다.

큰손이 패스한 공이 마니악 근처에 떨어지기만 하면, 공이 마니악의 손에 스치기만 하면, 공은 잡힌 것이나 다름없었다. 고등학생들과 중학생들은 그를 막으려고 혈안이 되었다. 그날 공식적인 기록을 기억하는 사람은 없었지만, 아만다가 나타나서 "제프리, 저녁 먹어!" 하고 외칠 때쯤 전설은 완성되었다. 마니악은 터치다운을 마흔 아홉 번이나 성공했다.

그 다음 스틱볼을 했을 때, 그리고 마니악이 막대기를 들고 공을 길가로, 또 뒷마당으로 몰고 다니는 모습을 보았을 때 그들은 삼삼오오 모여들었고 누군가가 그에게 다가가서 실눈을 뜨며 말했다.

"너 혹시 마니악이라고 하는 그 아이 맞니?"

그리고 다른 누군가가 말했다.

"네가 그 마니악이란 말이야?"

얼마 지나지 않아서 모두가 그 말을 하기 시작했고, 헤스터와 레스터도 그랬다. 마침내 어느 날 부엌에서 그가 아만다 엄마의 엄지손가락에 묻은 크림을 먹고 있을 때, 그녀가 물었다.

"네가 그 마니악이니?"

모든 사람에게 말했듯 마니악은 대답했다.

"저는 제프리예요. 아시잖아요."

자신의 이름을 잃는 것이 두려웠다. 엄마와 아빠에게서 물려받은 것 중 이름만이 남아 있었기 때문이다.

아만다의 엄마는 미소를 지었다.

"그래, 잘 알고 있다. 여기에서는 제프리일 뿐이야. 하지만……."

그녀는 턱으로 문을 가리켰다.

"저 밖에서는, 모르겠구나."

물론, 그녀가 옳았다. 집 안에서, 아이는 한 가지 이름뿐이다. 하지만 문밖 저편에서, 나머지 세상은 그를 다르게 부르고 싶어 했다.

15

마니악의 명성은 이스트엔드 전역에 퍼졌다.

새로 나타난 백인 아이.

시카모어가 728번지의 아만다 가족과 사는 아이.

아버지들이 일하러 나오기도 전에 거리를 달리는 아이.

고등학교 3학년처럼 스틱볼을 자유자재로 다루고, 큰손 제임스처럼 공을 잡는 아이.

피자에 알레르기가 있는 아이.

베다니 교회에서 의자 위로 펄쩍 뛰어올라 "할렐루야! 아-멘!" 하고 외치는 아이.

어린아이, 특히 유치원에 다니는 꼬마들은 사방에서 운동화 끈을 가지고 왔다. 그들은 헤스터와 레스터에게 마니악의 이야기를 들었다. 아무리 심하게 얽힌 끈이라도 마니악은 순식간에 풀 수 있다는 말을.

더 큰 아이들도 다른 이유로 찾아왔다. 무어가와 아치가와 체스트넛가와 그린가에서 찾아왔다. 새로 온 아이를 조사해 보려고 공터로 왔다. 그를 시험해 보려고. 자신들의 귀에 들린 모든 말이 사실인지 확인하려고. 그가 실제로 얼마나 착한지 보려고. 얼마나 나쁜지도.

그들은 마니악의 재주가 축구공을 잡는 것만이 아니라는 사실을 알았다. 그는 다람쥐처럼 달릴 수도 있었다. 날렵하게 몸을 놀려 상대를 속이고 그림 같은 몸놀림으로 돌진했다. 따라온 사람들은 허공을 탁 칠 뿐이었다. 머지않아 공터는 헐떡이는 운동화와 성난 마음으로 어질러졌다.

마니악은 말을 많이 하지 않았는데, 그럴 필요도 없었다. 큰손 제임스가 그를 대신해서 말했다.

마니악이 터치다운을 할 때나 '깡!' 하고 홈런을 칠 때마다, 큰손은 마니악의 얼굴을 들여다보며 욕을 했다.

"그래, 자식! 박살 내버려! 한방 먹여! 못된 자식! 최고야! 하이파이브 하자!"

그리고 그들은 높게, 낮게 손바닥을 부딪치고 손등을 부딪쳤다. 큰손 제임스는 깔깔 웃고 또 웃었다.

마니악은 욕이 좋았다. 말 자체는 달랐지만 이상하게도 교회가 떠오르는 것이었다. 거기에는 정신이 있었고 영혼이 있었다. 머지않아 마니악도 아이들과 함께 욕을 하기 시작했다.

그리고 곧 집까지 그 욕을 들여왔다.

어느 날 아만다의 엄마가 빵 굽는 팬에 그녀의 유명한 미트로프(다진 고기, 계란, 야채를 섞어 굽는 요리 - 옮긴이)를 눌러 담고 있을 때, 마니악은 그녀 앞에서 욕을 하기 시작했다. 그녀의 눈은 휘둥그레져 몸을 곧추세웠다.

"뭐라고 말했니?"

마니악은 조금 더 욕을 했다.

처음에 그녀는 자신의 귀를 믿을 수 없었다. 귀를 믿게 되자 마음이 상했다. 마니악이 내뱉는 그 욕이 아이의 입에 짝짝 달라붙는 것이 싫었다. 그래서 그녀는 그 말을 못하게 하려고 그 자리에서 욕을 내뱉는 입을 찰싹 때렸다.

그녀의 입술은 떨리기 시작했다. 그러나 "미안하구나"라고 말하기도 전에 마니악은 그녀를 꼭 껴안으며 가슴에 얼굴을 묻고 흐느끼며 말했다.

"사랑해요, 아줌마. 사랑해요……."

마니악은 헤스터와 레스터가 잠자리에 든 뒤 찾아오는 조용한 시간을 사랑했다. 바로 그때 아만다의 책들을 읽었다. 절반쯤 읽어 치운 뒤, 그는 이제 알파벳 A항목 백과사전을 읽을 때가 되었다고 생각했다.

문제는 아만다가 언제나 그 책을 읽고 있다는 사실이었다. 그리고 아만다는 땅돼지(Aardvark)에서 아즈텍(Aztec)까지 모조리 읽기 전에는 절대 내주지 않겠다고, 마니악도 예외는 아니라고 고집을 부렸다.

설상가상으로 서점에서는 출판사와 거래가 만료되어 이 책의 재고가 없었다.

아만다가 A항목 백과사전을 내놓지 않을수록, 마니악은 더욱 간절하게 그 책이 읽고 싶어졌다. 결국 그녀는 자신이 읽고 있지 않을 때는 책을 숨겨 둬야 했다. 하지만 아만다가 모르는 사이에 마니악은 늘 그것을 찾아냈다. 그는 아침에 훨씬 더 일찍 일어나서 잠시 동안 손전등을 비춰 백과사전을 읽다가 제자리에 슬쩍 돌려놓고는 바우와우와 조깅을 하러 나갔다.

가끔 마니악은 집 안에 있으면서 현관 창문에 그냥 앉아 있는 일도 있었다.

마니악은 새로운 생활의 모든 것을 사랑했다.

그러나 모든 것이 그를 사랑하지는 않았다.

16

어떤 면에서는 마니악 머기는 눈이 보이지 않았다.

물론 물건은 잘 볼 수 있었다. 날아가는 축구공이나 존의 강속구를 그 누구보다도 잘 볼 수 있었다.

그는 불쑥 튀어나온 초코바의 발도 볼 수 있었다. 그 발은 마니악이 홈런을 치고 야구장을 한 바퀴 돌 때 그를 넘어뜨리려고 했다.

그는 초코바가 태클을 걸려고 뒤에서 달려드는 것을 볼 수 있었다. 그에게 축구공이 없을 때조차도 말이다.

그는 이 모든 것을 볼 수 있었지만 그 뒤에 숨은 뜻을 볼 수 없었다. 그는 초코바가 자신을 싫어한다는 사실, 어쩌면 증오한다는 사실을 볼 수 없었다.

생각해 보면 그 모든 것이 마니악에게 보이지 않았다니 놀라울 뿐이다.

사실 큰 아이들은 작은 아이들이 자기 앞에서 잘난 척하는 것을 좋아하지 않는다.

큰 아이들은 자기들이 작은 아이에게 속아 넘어가는 모습을 보고 다른 큰 아이(큰손 제임스 같은)가 비웃는 경우라면 더더욱 좋아하지 않는다.

그리고 어떤 아이들은 자신과 다른 아이를 싫어한다.

피자에 알레르기가 있는.

아니면 말도 없이 설거지를 하는.

아니면 토요일 아침에 절대로 만화를 보지 않는.

아니면 피부색이 다른.

마니악은 계속 노력했지만 아직도 이 피부색 문제를 이해할 수 없었다. 그는 이스트엔드 사람들이 흑인이라는 것과 마찬가지로 자신이 백인이라고 생각할 수가 없었다. 그는 자기 몸을 열심히 살핀 후 최소한 각각 다른 일곱 가지의 그늘과 색이 있다는 결론을 내렸다. 그리고 어느 부분에서도 흰색(눈자위만 흰색이었는데, 이스트엔드에 사는 다른 아이들의 눈자위보다 크지도 않았다)을 볼 수 없었다.

자신의 피부색이 실제로 흰색이 아니라는 결론을 내리며 마니악은 크게 안심했다. 흰색은 세상에서 가장 지루한 색이기 때문이다.

그러나 그를 둘러싸고 있는 것, 즉 미움은 그치지 않았다. 모든 사람은 아니었다. 그러나 상당했다. 마니악은 그것을 보지 못했다. 그러다가 갑자기 볼 수 있게 되었다.

17

무더운 8월의 어느 날이었다.

너무 더워서, 공터에 한참 동안 가만히 서 있으면 깨진 유리나 금속 덩어리에 반사되는 햇빛이 피부를 태워 버릴 지경이었다.

너무 더워서, 사탕을 갖고 있으면 오후 2시쯤에는 주머니 속이 끈적끈적했다.

너무 더워서, 개들은 제 혓바닥에 걸려 넘어질 지경이었다.

너무 더워서, 그린가와 체스트넛가에 있는 소화전은 나이아가라 폭포처럼 분출하고 있었다(누군가가 뚜껑을 비틀어 벗겨 준 덕분에).

마니악과 늘 공터에 놀러 나오는 아이들이 그곳에 도착할 때쯤, 체스트넛가와 그린가는 마을 잔치와 수영장을 합쳐 놓은 모습이었다. 라디오에서 음악이 울려 퍼졌다. 사람들은 소리를 질렀다. 레모네이드를 파는 사람도 있었다. 이쑤시개에 꽂은 쿨에이드 얼음조각을 파는 사람도 있었다. 몸. 피부. 색깔들. 물. 눈이 부셨다. 번들거렸다. 따뜻했다. 시원했다. 촉촉했다. 소란스러웠지만 행복했다.

어린아이일수록 옷을 더 많이 벗어던졌다. 어른들은 보도에 앉아 하수도에 맨발을 첨벙거렸다. 십 대 아이들은 옷을 벗고 수영복이나 무릎 위까지 잘라 낸 반바지를 입었다. 꼬마 아이들은 속옷차림이었다. 더 어린 꼬마들은 맨몸이었다.

마니악은 다른 아이들과 함께 춤추고 껑충거리고 소리를 질렀다. 마니악은 솟구쳐 나오는 물 앞에서 펄쩍 뛰는 법과 물이 거리 절반까지 자신의 몸을 밀어내게 하는 법을 익혔다. 그는 지그재그로 왔다 갔다하는 뱀춤도 추었다. 그는 바보 같았다. 따뜻하고 행복한 사람들 속에서 흠뻑 젖었다.

그 목소리를 처음 들었을 때, 그는 별로 신경 쓰지 않았다. 그저 수많은 목소리에 섞인 하나의 목소리일 뿐이었다. 그러나 곧 다른 목소리들은 덩어리가 되어 사라졌고 마침내 그 목소리만이 남았다. 이상한 목소리였는데, 깊고 탁하고 웅어리진 것이 벌레가 든 깡통을 힘겹게 뚫고 나오는 것만 같았다. 그 목소리는 뒤에서 들렸고 같은 말을 계속하고 있었다. 욕을 퍼부으면서. 그때도 마니악은 다들 뚫어지게 무엇을 쳐다보고 있는지 궁금해서 몸을 돌렸을 뿐이었다. 하지만 그를 가리키고 있는 갈색 손가락(초코바를 들고 있지는 않았지만), 손가락이 뻗어 나온 갈색 팔과 그 뒤에 있는 갈색 얼굴을 보자, 마니악은 벌레가 든 깡통 같은 입에서 나온 욕이 자신에게 하는 것이라고 깨달았다.

"흰둥이."

그리고 자신이 그 욕을 알아들었다는 사실에 마니악은 놀랐다.

마니악은 가만히 그 자리에 섰다. 눈에 맺힌 물방울이 햇빛에 반사되자 눈을 깜빡거렸다. 소화전에서 분출한 물은 그의 맨발을 찰싹 때렸다. 라디오도 사람들도 말이 없었다.

"당장 꺼져라, 흰둥아."

그 남자가 말했다.

"옷 챙겨서 꺼져. 당장 너희 집으로 돌아가란 말이야."

그 남자는 마니악 바로 앞에 있었다. 슬리퍼를 신고 있었고, 바지는 헐렁했고, 위에는 꼬리가 높이 솟은 수탉 그림이 꽉 찬 잠옷 상의를 입고 있었다. 그리고 흰 머리카락이 귀 주변에서 고불거렸다.

마니악은 대답했다.

"여기가 집인데요."

남자는 팔을 늘어뜨리며 한 발자국 다가왔다.

"이제 집에 가라, 꼬마야. 백인들이 사는 데로 돌아가. 마을 잔치에 네 녀석이 끼어서는 안 돼."

마니악이 분출하는 물줄기에서 빠져나오자 물은 반대 방향 길 턱으로 용솟음쳤다.

"저는 여기서 살아요. 바로 저기요."

아이는 시카모어가 쪽을 가리켰다.

그 남자는 듣는 척도 하지 않았다.

"성이 안 차지, 그렇지, 흰둥아? 점점 더 욕심이 나지. 우리가 거리에서 물을 즐기는 것조차 못 봐주는구나. 넌 우리를 신기한 춤을 추는 원숭이로 보지? 그래서 동물원 오듯 여기에 온 거잖아?"

귀가 좋지 않은가 봐, 하고 마니악은 생각했다. 그래서 그는 정말로 크게, 천천히, 소리치며 다시 가리켰다.

"저는-시-카-모-어-7-2-8-번지-에-살-아-요. 정-말-로-요."

그 노인은 더 가까이 다가섰다.

"네놈 백인들한테 돌아가. 네가 바라는 거잖아. 살던 대로 살란 말이야. 당장 꺼져. 네놈의 인종들이 기다리고 있잖아."

그는 손가락으로 서쪽을 가리키며 말을 이었다.

"저쪽에서."

갑자기 헤스터와 레스터가 마니악 옆에 나타나서 그 남자에게 소리를 질러댔다.

"그만 둬요, 거지 영감! 닥쳐요!"

그러자 그 남자는 이제 마니악이 아니라 사람들에게 쉰 목소리로 고함을 쳤다.

"우리가 저쪽에 가면 무슨 일이 일어납니까? 흑인은 흑인! 백인은 백인! 양은 사자와 어울릴 수 없어! 양은 같은 편을 알아봐! 자기 종족을!"

그때 한 여자가 쏜살같이 달려와서 그를 거리 위쪽으로 끌고 갔다.

"우리 종족!······ 우리 종족 말이야!"

조용한 거리 위로 물이 요란하게 쏟아질 뿐이었다.

지상 최고의 잠꾸러기인 마니악은 그날 밤 잠을 이루지 못했다. 그 다음 날도.

평소보다 더 일찍 일어났는데, 백과사전을 몰래 보기 위해서가 아니었다. 달리기 위해서였다. 바우와우는 아직 오줌 눌 준비도 안 되었지만 그를 따라나섰다.

보통 마니악은 이스트엔드 주변을 뛰었다. 그러나 이제는 도시 전체를 다 뛰었다. 한번은 브리지포트 쪽 강까지 갔다. 사흘째 되던 날, 바우와우는 동행하려 들지 않았다.

어느 날 아침 마니악이 집으로 달려가고 있는데, 헤스터와 레스터가 시카모어 거리를 뛰어왔다.

"오빠! 가자! 우리도 뛸 거야! 저쪽으로 가자!"

둘은 마니악을 다른 쪽으로 데려가려 했지만 그는 두 아이에게 잠시만 기다리라고 말했다. 잠깐 집에 들러 물만 마시고 난 뒤 함께 뛰려고 했다. 두 아이는 연신 소리를 지르고 끌어당기고 밀고 다리를 붙잡았다. 그때 아만다가 자전거를 타고 그에게 미친 듯이 달려와 어색한 미소를 지으며 숨을 헐떡였다.

"야, 나 가게에 간다. 같이 가지 않을래?"

마니악은 해를 쳐다보았다. 햇살이 아직 2층 건물에 닿지도 않았다.

"아직 문 안 열었을 거야."

마니악이 말했다.

아만다는 멍한 표정이었다. 마니악은 아만다가 거짓말에 서투르다는 걸 알았다. 그는 몸을 흔들어 두 꼬마를 떼어 놓고 걸음을 빨리 옮겼다. 뭔지는 몰라도 일이 벌어졌다. 꼬마들은 깩깩 소리를 지르며 달라붙었다. 그는 점점 더 빨리 달렸다……

아만다의 엄마는 가장자리가 비누 거품투성이인 노란 양동이와 털이 뻣뻣한 솔을 손에 들고 현관에 나와 있었다. 집 앞의 벽을 문지르는 얼굴에는 분노가 가득했다. 그녀는 분필 자국을 지우며 투덜거렸고 뺨은 젖어 있었다. 그는 너무 일찍, 너무 빨리 도착했다. 맨 앞 글자인 '흰' 하나만 지워졌다. 나머지는 아주 읽기 쉬웠는데 물청소용 통처럼 노란색의 큰 글자들이었다.

둥이는 *꺼져라!*

18

아만다는 마니악을 설득하려고 했다.

"멍텅구리 영감 말에 신경 쓸 거 없어. 얼빠진 소리니까. 만날 그 따위 소리만 한다니까. 정신 나간 영감이 한 말 때문에 떠날 필요 없어."

마니악은 벽에 분필로 글자를 써 놓은 사람은 정신 나간 멍텅구리 영감이 아니라는 사실을 지적했다.

아만다는 웃음을 터뜨렸다.

"그거? 그건 아무것도 아니야. 페인트도 아니었잖아. 진심이었다면 페인트로 칠했을걸. 어쨌든 엄마가 할 일이 생겨서 좋잖아? 덕분에 엄마는 낡은 물통을 꺼내서 열심히 문지를 수 있었잖아. 꼬마들이 집을 크레용으로 더 이상 칠하지 않아 엄마는 몹시 심심해했거든. 이제 속이 후련할 거야."

마니악은 대답하지 않았다. 마니악이 받은 상처가 자신 때문이 아니라 아만다와 그녀의 가족들 때문이라는 사실을 아만다는 알지 못했다. 그녀는 발을 굴렀다.

"여기 있으라고!"

"있어 봤자 소용없어."

"떠나면, 먹을 건 어떡해."

"여기 오기 전에 굶고 다니지 않았어."

"겨울이 되면 얼어 죽을 거야. 손가락이 뻣뻣해져서 고드름처럼 부러져 버릴 거라고."

"갈 곳이 있을 거야."

"갈 곳? 사슴 우리?"

"난 괜찮아."

"아니면 땅다람쥐 구멍에서 사는 건 어때? 먹을 것도 없을 테고 말이야."

아만다는 마니악을 쿡 찔렀다.

"그렇게 되면 넌 엄청 말라서 땅다람쥐들이 파놓은 작은 굴에 들어가는데 꼭 들어맞을 테니까."

마니악은 어깨를 으쓱했다.

"아늑할 것 같은데."

이 말에 아만다는 정신이 나가 버렸다. 그는 매우 무심하게 세상을 다 아는 사람처럼 굴었다. 아무래도 상관없다는 듯.

"그래?"

아만다는 콧방귀를 뀌었다.

"흥, 베개는 어쩔 건데, 응? 바닥에서 내 베개 깔고 자는 거 다 알아."

"겨울잠 자는 땅다람쥐를 쓰지 뭐."

"재미있네에에에. 그럼 화장실은, 응? 화장실은 어떡할 거야?"

"덤불이 있잖아. 아님 맥도날드 가게. 장소는 많아."

아만다는 그게 싫었다. 모든 질문에 답이 있었다. 그리고 가장 끔찍한 것은, 마니악이 옳을지도 모른다는 사실이었다. 속박당하지 않고도 살아남을 사람이 있다면, 그건 아마도 이 아이일 것이다. 바닥에서 잠자는 아이. 개보다 빨리 달리는 아이.

마니악 때문에 아만다는 화가 머리끝까지 치밀었다!

아만다는 손가락질을 하며 빈정거렸다.

"그럼, 한 가지만 말해 두겠어, 친구. 나가는 길에 문을 꽉 닫고 잠가 두는 게 좋을 거야. 내 방을 다시 쓰고 싶다고 해도 절대로 내주지 않을 테니까. 그러니 다시는 이 근처에 기어들어 오지 말라고."

아만다는 마니악의 운동화를 발로 차며 말을 이었다.

"알아들었어?"

"걱정 마."

마니악은 단호하게 말했다.

"그리고 이번에는 내 책 한 권이라도 가져갈 생각 하지 마. 내 알파벳 A항목 백과사전을 열어 볼 생각은, 절대, 꿈도 꾸지 마. 네가 떠난다면서 멍청이 같이 굴기 전에는 네게 빌려줄까도 생각했었는데 말이야."

그러자 마니악은 말했다.

"도서관에서 빌리지 뭐."

아만다는 펄쩍 뛰었다.

"그러셔! 안 될걸."

"안 된다고?"

"안 돼. 도서관 카드가 필요해."

"하나 만들면 되지 뭐."

"하하! 집 주소가 없으면 카드를 만들 수 없다는 거 모르니?"

아만다는 그 말을 내뱉자마자 후회했다. 마니악의 고개가 기우뚱했고 그의 눈은 아만다의 눈을 쳐다보았다. 그의 눈은 '왜 그렇게 말했니?'라고 물었고 아만다의 눈은 대답하지 못했다.

마니악은 일어나서 밖으로 나가 거리를 달렸다.

아만다는 울었다. 소녀는 잡지를 반으로 찢어 버렸다. 소파를 주먹으로 때렸다. 안락의자를 찼다. 바우와우에게 발길질을 했다. 바우와우는 깽깽거리며 부엌으로 갔다.

"잘 봐!"

아만다는 현관문에서 소리쳤다.

"너 때문에 내가 어떻게 되었는지 보라고, 제프리 머기! 제프리 마니악, 얼빠진 멍청이 머기!"

점심때가 되어도 그는 돌아오지 않았다.

저녁때가 되어도 돌아오지 않았다.

"찾아볼게요."

걱정하는 부모님에게 아만다가 말했다.

아무도 아만다를 말리지 않았다. 아만다는 자전거로 사방을 돌아다녔다. 이스트엔드, 웨스트엔드, 브리지포트까지도 갔다. 아만다는 너무 지쳐서 다리 위에서 거의 죽을 뻔했다. 태어나서 페달을 이렇게나 많이 밟아 본 적이 없기 때문이다. 날이 저문 뒤에도 집에 도착하지 못했다.

부모님이 잠자러 2층에 올라가려고 하자, 아만다는 남아서 텔레비전을 봐도 되는지 물었다. 부모님은 서로 눈빛을 교환하더니 괜찮다고 말했다. 밤은 깊었고, 텔레비전을 켜놓은 채 아만다가 꾸벅꾸벅 졸고 있을 때, 문이 열리고 마니악이 들어왔다.

"이렇게 늦게 안자고 뭐 해?"

그가 물었다.

"알 품고 있다."

아만다가 톡 쏘았다.

마니악은 어깨를 으쓱하고는 위층으로 올라갔다. 아만다는 눈을 감고 씩 웃었다.

다음 날 아침 세 블록 떨어진 곳에 사는 어린아이 하나가 현관문을 두드렸다. 요요 줄이 엉켜서 큰 버섯 크기만 했다.

마니악이 매듭과 씨름하는 모습을 보고, 아만다의 머릿속에는 어떤 생각이 하나 쏙 들어왔다. 그 꼬마가 새것처럼 쌩쌩해진 줄을 가지고 떠나자, 아만다가 말했다.

"제프리, 너를 여기 있을 수 있는 방법을 말해 주면, 있을래?"

"'여기 있을 수 있는 방법'이라니, 무슨 뜻이야?"

그가 물었다.

"내 말은, 지금 한두 명이 너한테 안 좋은 감정을 갖고 있다고 해도—사실은 세 명이지만—그 사람들까지도 너를 좋아하게 될 거라는 뜻이야. 그리고 이미 너를 좋아하는 다른 사람들은 널 훨씬 더 좋아하게 될 거야."

호기심이 발동해서 마니악은 물었다.

"어떻게 그 모든 일이 일어난다는 거지?"

아만다는 '코블의 매듭'에 대해 이야기해 주었다.

19

세계의 불가사의가 일곱 개로 그치지 않았다면, 여덟 번째 불가사의는 단연 코블의 매듭이 되었을 것이다.

매듭이 어떻게 생겨났는지는 아무도 몰랐다. 그저 이런 이야기가 전해진다. 헥터가와 버치가가 만나는 모퉁이에 자리한 코블의 코너 식료품점은 초창기에는 장사가 잘 되지 않았다. 문을 연 뒤 2주일 동안 시리얼과 싸구려 사탕만 팔렸을 뿐이다.

그러던 어느 날 아침, 장사를 시작하려고 가게 문을 열다가 코블 씨는 '매듭'을 보았다. 그 매듭은 창문 깃대에 매달려 있었다. 창문에는 얼음 덮인 파란색, 흰색 글자들로 '냉동식품'이라고 써진 커다란 그림이 있었다. 매듭이 그림을 가리자 코블 씨는 가위를 꺼내서 매듭을 잘라 내려고 했다. 그런데 코블 씨는 그 매듭이 몹시 특이하고 놀랍다는 사실을 깨달았다.

그때 좋은 생각이 떠올랐다. 그 매듭을 풀어내는 사람에게 상을 주는 것이다. 우선 이 소식을 널리 퍼뜨린 다음 신문사에 전화를 건다. 승자의 사진이 1면에 실릴 것이고, 사진의 배경은 당연히 코블의 코너다. 그러면 사업이 번창할 것이다.

그래서 그는 계획을 실행에 옮겼다. 처음에는 사업이 생각처럼 번창하지 않았다. 하지만 오랜 세월이 지나 마니악 머기가 도시에 왔을 때 코블의 코너가 아직도 그 자리에 있었던 것으로 보아 가게 유지에는 도움이 되었던 모양이다. 이제는 식료품 대신 피자를 팔았다. 상도 달라졌다. 원래는 60초 동안 사탕 판매대를 혼자 차지하는 것이었다. 하지만 이제는 1년 동안 일주일에 큰 피자 한 판씩을 차지하는 것이다.

그러는 동안 매듭의 가치는 아주 귀중해졌다. 엉킨 매듭을 가게 밖에 두었던 코블 씨는 1년이 지난 뒤에 가게 안으로 들여와 비밀스런 장소에 숨겨 두고 도전자가 있을 때만 꺼내 놓았다.

〈투밀스 타임스〉에 있는 오래된 사진을 보면, 매듭의 크기와 모양은 한쪽이 푹 꺼진 배구공 같았다. 원래는 줄이었을 테지만, 배배 꼬이고 여기저기 튀어나오고 얽히고설킨 복잡한 모양새가 앨버트 아인슈타인의 뇌보다 심했다. 그 매듭은 수년 동안 모든 도전자를 물리쳤는데, 그중에는 자라서 마술사가 된 손다이크와 소매치기가 된 핑거스 할로웨이도 있었다.

거의 한 주도 거르지 않고, 누군가 도전장을 내밀었다가 실패했다. 그리고 실패자가 한 사람씩 늘어날 때마다, 매듭을 푸는 사람에게 돌아가는 영광은 더욱 커져 갔다.

"알겠지?"

아만다가 말했다.

"거기 가서 코블의 매듭을 풀기만 하면―넌 할 수 있어―신문에 네 사진이 실릴 거고, 이 근방에서 넌 최고의 영웅이 될 거야. 그럼 아무도 널 괴롭히지 못해."

마니악은 그 말을 듣고 생각하더니 생긋 웃었다.

"너, 피자가 먹고 싶은 모양이구나. 어차피 나는 못 먹으니까."

아만다는 꽥 소리 질렀다.

"제프리이……! 지금 피자가 중요한 게 아니잖아!"

아만다는 그를 때리기 시작했다. 마니악은 웃음을 터뜨리며 아만다의 팔목을 붙잡았다. 그리고는 "좋아, 해보자!"라고 말했다.

20

그들은 매듭을 꺼내 깃대에 걸었다. 도전자가 올라서도록 지정된 네모난 나무 탁자를 가져왔고, 마니악이 거기 올라선 순간부터 매듭은 큰 곤경에 빠졌다.

코블의 매듭은 벌집처럼 얽혔을 뿐 아니라 밖에 걸려 있던 첫해에 비바람을 맞아서 바위처럼 단단해졌다. 가닥 하나하나를 알아볼 수도 없었다. 더럽고, 퀴퀴한 냄새를 풍기고, 딱딱했다. 고리는 여기저기로 삐져나왔는데, 손가락을 걸어도 될 크기인 것으로 보아 지금까지 시도했다 실패한 도전자들이 무수히 많았다는 안쓰러운 증거이기도 했다.

바로 그곳에, 매듭을 돌리며 살펴보는 마니악이 있었다. 어떤 사람은 그의 얼굴에 희미한 미소가 떠올랐을 때 즐거워서 그런 거라고, 매듭을 적이 아니라 살짝 장난을 치는 오래된 친구처럼 대하는 태도였다고 말한다. 또 어떤 사람은 그의 입은 꽉 다문 상태였고, 눈은 섬

광을 띠는 전구처럼 빛났는데, 이것은 드디어 맞서 싸울 만한 상대인 매듭과 만난 사실을 깨달았기 때문이라고 말한다.

마니악은 무게를 달아보려고 손으로 매듭을 들었다. 부드럽고 섬세하게 매듭의 여기저기를 만져 보았다. 맥박이라도 재는 듯 덩어리의 일부에 살짝 손끝을 갖다 대기도 했다.

처음에 지켜본 사람들은 얼마 되지 않았다. 그중 절반은 세발자전거를 타고 거리를 배회하던 네댓 살짜리 아이들이었다. 그 꼬마들 대부분은 운동화 끈이나 요요 매듭을 마니악이 풀어 준 경험이 있어서, 이삼 초밖에 걸리지 않을 거라고 예상했다. 몇 초가 몇 분이 되자 꼬마들은 안절부절못하더니 10분도 채 되지 않아 제풀에 지쳐 뛰쳐나가 버렸다.

나머지 구경꾼은 마니악이 매듭을 쑤시고 당기고 뽑는 것을 지켜보았다. 절대 홱 잡아당기지 않고, 매듭을 만지다가 가볍게 건드리며 조금씩 해체시키는 마니악의 손가락은 작은 새 같았다.

"뭐 하는 거야?"

누군가 말했다.

"왜 이렇게 오래 걸려?"

"푸는 거야, 마는 거야?"

한 시간이 지나자, 손가락 크기의 고리만 더 많이 생겼다. 고생 끝에 마니악이 보여 준 거라고는 탁자를 뒤덮은 매듭 덩어리뿐이었다.

"아직 줄 끝도 못 찾았잖아."

누군가 투덜거렸고, 아만다를 빼고는 모두 나가버렸다.

마니악은 전혀 신경 쓰지 않았다. 하던 일에 집중할 뿐이었다.

점심때가 되자 다들 돌아왔고, 더 많은 사람이 모여들었다. 아이들뿐 아니라 어른들, 흑인과 백인들까지 있었다. 코블의 코너는 헥터가에 있었고, 헥터가의 동쪽과 서쪽 모두에 소문이 퍼졌기 때문이었다.

사람들은 자신들의 눈을 믿을 수 없었다.

매듭은 커졌고 부풀었고 어지러웠다. 울퉁불퉁한 공 같았는데, 다음 날 신문에서는 그것을 '머리털처럼 생긴 거대한 공'으로 묘사했다. 이제 중앙에 돌돌 말린 덩어리만 남겨 둔 채 사실상 고리투성이였다. 가게 안으로 그 광경을 들여다볼 수 있었는데, 마니악은 차분하게 다른 쪽에서 작업하고 있었다.

"실마리를 찾았어!"

누군가가 헐떡였고 모퉁이는 박수갈채로 가득했다.

그러는 동안 코블의 가게 안에서는 피자가 사방으로 날개 돋친 듯 팔려 나갔다. 대형 샌드위치는 말할 것도 없고, 스테이크 샌드위치, 소다 여러 통도 팔렸다. 코블 씨가 직접 나와서 마니악에게 피자를 대접했다. 물론 마니악은 정중하게 사양했다. 오렌지 소다만 받았다. 그러자 마니악이 여러 번 운동화 끈을 풀어 주었던 한 꼬마가 크림펫 세 개를 건넸다.

크림펫을 재빨리 해치운 다음 마니악이 어떤 행동을 할지는 아무도 예상하지 못했다. 마니악은 탁자에 드러누워 낮잠을 자버렸다. 머리 위엔 작고 털이 복슬복슬한 행성처럼 매듭이 걸려 있고 군중은 주변에서 웅성거렸다. 마니악은 다른 사람이 알지 못하는 사실을 알았다. 가장 힘든 고비가 이제 다가올 것이다. 그 덩어리를 풀어낼 올바른 경로를 찾아야 했는데, 이번에 실패하면 그것은 바위 문처럼 다시 닫혀서 아마도 영원히 그 상태로 있을 터였다. 마니악에게는 외과 의사의 감각, 올빼미가 가진 기민함, 여우 세 마리의 교활함 그리고 체스 명인의 신중함이 필요했다. 그것을 얻기 위해서는 머리를 맑게 하고 모든 집념, 특히 그를 벌써 사로잡은 크림펫에 대한 기억을 날려 버릴 필요가 있었다.

정확히 15분 뒤, 마니악은 깨어나서 다시 작업에 착수했다.

어느 동화에 나오는 재단사처럼 마니악은 미궁 속을 요리조리 헤치며 목적지로 나아갔고, 축구할 때 방어벽을 뚫고 이리저리 공을 몰 때처럼 길을 열며 묘기를 부렸다. 8월의 긴 오후가 끓어오르는 동안, 팽창한 매듭 머리털 공은 이쪽저쪽에서 함몰되었다. 덩어리가 생겼다가 그 모양이 없어지고 축 늘어졌다. 〈투밀스 타임스〉의 사진기자가 카메라 플래시를 펑펑 터뜨렸다. 사람들은 코블의 피자를 우적우적 씹어 먹고 보도에서 보도로 헥터가를 오가며 "오오오오!" 또는 "아아아아!" 하며 탄성을 내질렀다.

그러다가 저녁 식사 시간 즈음, 엄청난 함성과 함께 박수가 화산처럼 쏟아졌다. 코블의 매듭은 죽었다. 풀렸다. 사라졌다. 그 매듭도 그저 줄이었을 뿐이었다.

21

나팔 소리, 장난감 권총 소리, 사이렌 소리, 폭죽 터지는 소리, 함성……. 코블의 코너는 그야말로 미친 집 같았다.

자동차들은 빵빵거리며 군중 사이를 조금씩 헤쳐 나가야 했다. 꼬마들은 사인해 달라고 소리쳤다. 집에서 만든 색종이가 빗발치고 오려 낸 종잇조각들이 나부꼈다.

기쁨에 넘친 코블 씨는 마니악에게 1년 동안 대형 피자를 먹을 수 있다는 증명서를 건넸다. 마니악은 그것을 받고 감사를 표했다. 풀린 매듭은 마니악의 발 근처에 돌돌 말려 쌓였다. 코블 씨는 그것을 잡았다. 사람들은 벌써 그 길이가 얼마나 될까 짐작해 보았다.

함성은 멈추지 않았다. 목청이 얼마나 큰지 알고 싶어서 외치는 것 같았다. 그러나 한 사람은 소리 지르지 않았는데 바로 아만다였다.

....
● 결국 그 길이는 네 블록 반에 이르는 것으로 밝혀졌다. 누군가가 정지 표지판에 그것을 묶고 걸어 보았는데, 네 블록 반을 가서야 멈출 수 있었다.

그녀는 사방에서 날리는 종잇조각 하나를 쥐더니 입을 딱 벌리고 바라보았다. 그런 뒤 보도와 차도를 서둘러 헤치고 가며, 사람들의 다리를 밀치고, 더 많은 조각을 그러쥐고서는 소리를 질렀다.

"오, 안 돼!…… 안 돼!"

그리고 나서 달려갔다.

그 모습을 보고 마니악이 탁자에서 뛰어내린 뒤 종잇조각을 주웠다. 거기에는 글씨들이 적혔는데 아프리카(Africa)에 대한 내용이었다. 그는 다른 종이를 주웠다. 이번에는 개미들(Ants)에 관한 내용이었다. 다른 것은 아리스토텔레스(Aristoteles)에 관한 내용이었다.

알파벳 A항목 백과사전이었다!

그는 흩어진 종잇조각을 따라 헥터가에서 시카모어가까지 갔다. 그 길 끝에 빌 가족의 현관 계단이 있었다. 책에서 남은 것이라고는 푸른색과 붉은색이 있는 표지뿐이었다. 마음대로 끼웠다 빼는 빈 바인더 같았다. 아만다는 웅크린 몸을 흔들면서 책을 가슴에 꽉 끌어안았다. "내 잘못이야" 하며 그녀는 흐느꼈다.

"생각을 못 했어. 거실에 놔뒀거든. 누구라도 창문으로 들여다볼 수 있었는데…… 그래서……."

눈을 꼭 감고 있는데도 눈물이 밖으로 삐져나오는 것이 놀라웠다.

마니악은 아만다를 안아 주며 괜찮다고 말하고 싶었다. 안으로 들어가서 가족과 함께 있고 싶었다. 그의 집, 그의 방, 그의 창문에 있고 싶었다. 그러나 그건 옳지 않았다. 다시는 아만다 가족에게 상처를 주면 안 되었다. 자기 때문에 이런 대가를 치르도록 내버려 둘 수 없었다.

마니악은 몸을 돌리고 시카모어가를 되짚어 갔다. 그 벌레 같은 목소리를 낸 남자의 말이 맞는지도 모른다.

"네 종족에게 돌아가…… 네 종족에게 돌아가……."

그는 헥터가의 길턱 너머까지는 가지 않았다. 맥냅과 코브라들이 거기에서 그를 맞이하려고 웃음을 흘리고 추파를 던지며 쉬쉬거렸기 때문이었다.

"이봐, 친구. 피자 먹는 상 받았다면서…… 여기로 와…… 보고 싶었다고…… 기다리고 있었다고."

그래서 그는 방향을 바꿔 헥터가의 북쪽으로 걷기 시작했다. 길 한가운데로, 이스트엔드와 웨스트엔드를 나누는 보이지 않는 경계선을 따라 걸었다. 자동차들이 빵빵거리고 운전자들이 고함을 질렀지만 마니악은 전혀 움찔하지 않았다. 코브라들은 자기들 쪽 선을 넘어오지 않고 계속 그를 따라왔다. 다른 쪽의 이스트엔드 아이들도 마찬가지였다. 그중에는 초코바 톰프슨도 있었다. 양쪽 모두 마니악에게 자기 쪽으로 오라고 소리쳤다. 그러다가 그들은 서로에게 소리를 치고, 고함을 지르고, 욕을 해댔다. 하지만 누구도 길턱을 넘어오지 않았다. 모두 북쪽으로만 움직였다. 사납게 으르렁거리면서, 한가운데 있는 아이를 검고 흰 물결로 호위하며 따라갔다.

계속 그런 식이었다. 길턱 사이에서, 중앙선을 따라 앞만 보며, 마니악은 걸어서—달리지 않고—도시를 빠져나갔다.

2부

22

　당신이 엘름우드 동물원에 있는 새끼 들소였다면, 아마 이런 생활을 했을 것이다.

　잠에서 깬다. 아침 식사로 엄마의 젖을 먹는다. 처마 쪽으로 슬슬 걸어간다. 그리고 깜짝 놀란다. 거기 웬 낯선 동물이 있기 때문이다. 당신보다는 크지만 엄마보다는 작다. 털이 있지만 머리 꼭대기에만 있다. 짚 위에 앉아서 엄마처럼 당근을 와삭와삭 씹어 먹는다.

　매일 아침, 같은 일이 벌어진다. 당신은 이제 그의 존재를 예상할 수 있다. 어느 날 아침, 당신은 젖을 먹는 것을 깜빡하고 곧장 처마 쪽으로 간다. 그 동물이 당근을 내밀지만 당신이 소화시킬 줄 아는 음식이라고는 젖뿐이다. 당신은 낯설고, 신기한 냄새를 풍기고, 머리에만 털이 있는 그 동물에게 코를 비빈다. 그 동물도 자기 코를 당신에게 비벼댄다. 엄마는 신경 쓰지 않는 것 같다.

　코를 비비고 나면 그 낯선 동물은 울타리를 뛰어넘어 멀리 사라져서는 밤이 될 때까지 돌아오지 않는다. 그런데 어느 날 아침 그 낯선 동물이 울타리에서 떨어지더니 반대편 땅바닥에 쓰러진다. 움직이지 않는다. 당신은 코로 사슬을 헤집어 봤지만 닿지 않아서 보기만 한다……. 그냥 보기만…….

노인은 트럭으로 공원 여기저기를 툴툴거리고 다니다가 들소 우리 바깥쪽에 웅크린 몸을 발견했다. 그는 트럭을 세우고 내렸다.

"애잖아!"

처음에 그는 그 몸뚱이와 새끼 들소를 멍하니 보기만 했다. 새끼 들소의 커다란 갈색 눈은 노인과 아이를 지켜보는 듯했다. 어미 들소는 육중하게 걸어와 맞장구치듯 고개를 끄덕이는 것이었다.

'아이 맞아요.'

아이의 상태는 끔찍했다. 옷은 너덜거리는 것이 누더기였다. 살갗이 보이는 곳마다 뼈만 앙상하고 더럽고 긁힌 자국투성이였다. 두 마리 들소는 빤히 쳐다보고 또 쳐다보면서 말하는 듯했다.

'어떻게 좀 해봐요.'

노인은 뼈와 근육의 힘을 최대한 모아서 아이를 들어 올려 트럭에 태웠다. 좌석에 앉히고 아이의 다리를 굽혀 문을 닫았다.

그는 아이를 당장 병원이나 의사가 있는 곳, 공공시설 같은 곳, 치료해 줄 곳에 데려가야 한다는 걸 알았다. 하지만 트럭은 야외 음악당 쪽으로 되돌아가는 길이어서 그는 음악당 뒤편 야구장비실에 아이를 눕혔다.

시즌이 끝났지만, 카키색 삼베자루는 심판이 다시 "플레이볼!" 하고 외칠 때를 기다리며 걸려 있었다. 노인은 가슴보호대 두 개를 홱 잡아당겨서 머리를 조심하며 아이를 눕혔다. 아이는 최소한 숨은 쉬고 있었다.

춥지는 않았지만 뭔가를 덮어 줘야 할 것 같아서, 노인은 옷걸이에서 겨울 작업복을 꺼내 덮어 주었다. 그런 뒤 지켜보며 기다렸다. 흙 묻은 손을 털며, 노인은 아이의 축 늘어지고 뼈만 앙상한 손을 만졌다. 그는 지금까지 아이의 손을 잡아 본 적도, 만져 본 적도 없었다.

"저기요."

모기 소리 같은 목소리였지만 노인은 정신이 들었고, 얼른 아이의 손을 놓았다.

"여기 어디예요?"

노인은 목을 가다듬고 말했다.

"야외 음악당."

"야외 음악당요?"

"뒤편이야. 야구장비실이지."

아이는 눈을 가늘게 뜨고 깜박였다.

"그리고 할아버지는요?"

"내가 뭐?"

"누구세요?"

"그레이슨."

"그레이슨. 우리 아는 사이예요?"

노인은 일어났다.

"이제는 알지."

그러고는 가스레인지 쪽으로 가서 물을 데우고 닭고기 수프를 만들었다. 그는 이제 몸을 일으킨 아이에게 수프를 건네주었다.

"숟가락 주랴?"

아이는 그릇을 들기도 힘들어하는 것 같았다. 두 손으로 컵을 잡고 단숨에 마시다가 "에?" 하고 말했다.

"아직도 배고프냐?"

아이는 맥없이 그릇을 내려놓았다.

"약간요."

그레이슨은 기다리라고 말하고는 나갔다.

10분 뒤 그는 큰 샌드위치를 들고 돌아왔다. 그레이슨이 샌드위치를 가져오는 데 걸린 시간보다 짧게 아이는 그것을 해치웠다. 그는 아이에게 그렇게 빨리 먹지 말라고, 체한다고 말했다. 아이는 고개를 끄덕였다.

그레이슨은 말했다.

"어디서 이렇게 긁힌 게냐?"

"덤불에서요."

"뭐 하고 있었는데?"

"숨어 있었어요."

"숨어 있어? 누구 때문에?"

"애들요."

"어디 사는 애들?"

아이는 가리켰다.

"저쪽이요. 다른 동네 말이에요."

아이는 가슴보호대 위에 앉아서 말했다.

"부탁 하나 드려도 돼요?"

"얼른 말해."

"어디든 가서 크럼펫 좀 살 수 있을까요?"

그레이슨은 소리쳤다.

"크럼펫이라고! 아직도 배고픈 게냐?"

"크럼펫을 먹고 싶어요."

그레이슨은 휴지통에 번들거리는 샌드위치 포장지를 던졌다.

"그보다 우선 할 일이 있는 것 같은데."

"뭔데요?"

"이름을 말해준다든지."

"제프리 머기예요."

"사는 곳도."

"음, 전에는 시카모어가에서 살았어요. 728번지요."

"전에?"

"더 이상은 아니에요."

노인은 쳐다보았다.

"시카모어라고 말했냐?"

"넵."

"이스트엔드 말이냐?"

"넵."

노인은 손톱으로 아이의 팔뚝에 묻은 흙을 쭉 긁었다. 유심히 살폈다.

"뭐 하시는 거예요?"

아이가 물었다.

"그 아래 피부가 하얀색이 맞나 보려고."

잠시 둘 다 말이 없었다.

마침내 아이가 말했다.

"더 궁금한 거 없으세요?"

노인은 어깨를 으쓱했다.

"없어, 아마도."

"에이, 계속하세요. 계속 물어보세요."

"물어볼 게 없는데."

"동물원은 어때요, 네? 제가 동물원에서 뭘 하고 있었는지 알고 싶지 않으세요? 들소 우리에서요."

노인은 한숨을 쉬었다.

"그래, 뭐 했냐?"

"살고 있었어요."

"들소랑 같이?"

"넵, 들소랑 같이요."

"들소를 좋아하는 게냐?"

"깜깜할 때 갔거든요. 사슴 우리인 줄 알았어요."

"지난달에 사슴이랑 들소 위치를 바꿨지."

"상관없어요. 어쨌든 들소들이랑 더 사이좋게 지냈거든요."

"흠, 한 가지만 말해 주지."

노인은 킁킁거렸다.

"이 고약한 냄새, 너도 영락없는 들소구나."

아이는 웃음을 터뜨렸다. 둘 다 깔깔 웃었다. 진정되자 아이는 말
했다.

"이제 크럼펫 찾으러 갈까요?"

그레이슨은 트럭 열쇠로 손을 뻗었다.

"가자."

23

그레이슨은 물론 크림펫을 찾았다. 그는 세 상자를 통째로 샀다. 한 상자에 열 팩이 들어 있으니 크림펫은 총 서른 개였다. 마니악은 들소 우리에서 천국으로 곧장 뛰어오른 게 틀림없다고 생각했다.

그런 뒤 그레이슨은 마니악을 집으로 데리고 갔다. 노인의 집은 투밀스의 YMCA 숙소였다. 그는 3층에 살았다. 그러나 마니악을 거기가 아니라 아래층의 라커룸으로 데리고 갔다. 마니악에게 수건과 비누를 주고, 누더기를 벗으라고 말한 뒤 샤워실을 가리켰다.

마니악은 한 시간 동안이나 샤워실에 있었다. 꼬마들과의 마지막 목욕 뒤에 샤워를 해본 적이 없었다. 그는 소리를 지르고 물을 튀기던 꼬마들을 떠올리며 미소를 지었다. 샤워기의 바늘 같은 물줄기가 상처를 찔러댔지만, 도시로 돌아온 걸 환영하는 바늘이었으니 괜찮았다.

샤워실에서 나왔을 때, 마니악은 옷을 들고 기다리는 노인과 마주쳤다. 그레이슨의 옷이었다.

"들소 누더기를 치우느라고 육군을 동원했다."

그레이슨은 말을 이었다.

"방독면을 쓰고 와서는 집게로 그것들을 집어서 강철 박스에 쑤셔넣고, 그 상자를 우리나라 최초의 광산 수갱 바닥에다가 묻으려고 가져갔지."

마니악은 웃음을 멈출 수 없었다. 그레이슨도 마찬가지였는데, 그의 옷 속에 마니악이 푹 파묻히자 더욱 그랬다.

한 시간 뒤 떠들썩한 쇼핑을 마치자 마니악에게는 옷이 생겼다.

남은 오후 시간에 그들은 도시를 돌아다니고 이야기를 나누며 크림펫을 먹었다.

"그래서,"

노인이 말했다.

"이제 어떡할 거니?"

마니악은 생각에 잠겼다.

"일을 할까요? 저도 공원에서 일할 수 있어요. 할아버지처럼."

그레이슨은 대답하지 않았다. "어디에서 지낼 거냐?"라고만 물었다.

마니악의 대답은 신속했다.

"야구장비실에서요. 완벽해요."

조그만 생각이 그레이슨의 머리를 파고들었다. 그 생각은 얼렁뚱

땅 뇌리에 스치고 가서 느낌도 거의 없었다. 노인은 그것을 무시했다. 대신 "그럼 학교는 어떡할 거니?"라고 물었다.

마니악은 말이 없었다. 크럼펫의 설탕막이 포장지 안에 약간 남아 있었다. 아이는 손가락으로 설탕막을 떠서 핥으며, 그게 자기의 손가락이 아니라 아만다 엄마의 손가락이었으면 좋겠다고 생각했다.

질문하는 데 익숙하지 못한 그레이슨은 대답을 기다리는 데는 더 더욱 익숙지 못했다.

"학교는 어떡할 거냐고?"

마니악이 고개를 돌렸다.

"학교가 왜요?"

"가야지. 네 나이면. 안 그래?"

"전 안 가요."

"아니, 가야 해. 안 그래? 법이 그래."

"안 들키면 되죠."

노인은 오래전에 놔줬던 물고기를 다시 낚은 기분이었다. 당황스럽지만 이해가 되었다. 잠시 아이를 바라보았다. "왜?" 하고 그는 물었다.

마니악은 생각보다 이유가 많다는 사실을 깨달았다. 그건 집과 가족과 학교와 관련된 문제였다. 학교는 커다란 집과도 같지만, 낮 동안에만 집이다. 곧 비어 버리기 때문이었다. 그리고 밤에는 학교에 있을 수 없었다. 진짜 집이 아니니까. 밤에 머무는 곳이 바로 집이다.

노크하지 않고 현관문으로 곧장 들어가도 되는 곳, 모두들 서로 이야기를 나누고 같은 토스터를 쓰는 곳이 바로 집이다. 그래서 다른 아이들은 모두 집으로 간다. 밤을 보내려고 집으로 간다. 수백 명이나 되는 아이들은 저마다 나무에서 날아오르는 새처럼 학교 밖으로 우르르 쏟아져 나와서 여기저기로 흩어진다. 각자의 공간에 들어가 쉰다. 각자 내려앉아야 할 곳이 어딘지 안다. 학교와 집. 그래, 마니악은 하나가 없으면 다른 한 쪽도 갖지 않을 생각이었다.

"억지로 학교를 보내려고 한다면,"

마니악은 말했다.

"저는 다시 어디론가 사라져 버릴 거예요."

그레이슨은 아무 말 하지 않았다. 왠지 아이가 하는 말이 맘에 들었다. 그리고 머릿속에서 꿈지럭거리던 작은 벌레는 이제 그를 간질이기 시작했다. 그는 운전을 계속했다.

24

마지막 크럼펫을 먹었을 때 두 사람은 막 음악당에 도착했다. 그레이슨은 시계를 보았다.

"일을 시작도 안 했는데 마칠 시간이 되었군. 저녁 먹을 시간이기도 하고."

그레이슨은 농담이었지만, 마니악은 "신난다! 어디로 가죠?" 하고 소리쳤다.

말문이 막힌 노인은 공원에서 가장 가까운 식당으로 트럭을 몰고 갔다. 아이가 미트로프와 육즙, 으깬 감자, 서양호박, 샐러드 그리고 코코넛 파이를 게걸스럽게 먹어 치우는 동안 그는 커피 한 잔을 앞에 두고 앉았다.

그레이슨은 마니악이 후식을 먹을 때쯤 불쑥 질문을 던졌다.

"그 흑인들 말이야, 그 사람들도 으깬 감자를 먹니?"

마니악은 농담인 줄 알았지만, 곧 아니라는 걸 깨달았다.

"물론이죠. 아만다의 엄마는 으깬 감자 말고도 다른 감자 요리를 많이 해주셨어요."

"누구?"

"아만다의 엄마요. 혹시 아만다 가족을 아세요? 시카모어가 728번 지에 사는?"

노인은 고개를 저었다.

"음, 제 가족들이에요. 엄마, 아빠, 어린 남동생과 여동생, 제 또래의 여동생과 개가 있었어요. 제 방도 있었고요."

그레이슨은 이 말을 소화하려는 듯 식당 창문을 말없이 내다보았다.

"미트로프는?"

"네?"

"그것도 먹어?"

"물론 미트로프도 먹죠. 콩도, 옥수수도요. 이름만 대보세요."

"케이크는?"

마니악의 얼굴이 환하게 빛났다.

"맙소사! 장난하세요? 아만다의 엄마가 만든 케이크는 세계 최고 예요."

그레이슨의 눈이 가늘어졌다.

"칫솔은? 칫솔도 써?"

마니악은 웃음을 참으려 애썼다.

"두말하면 잔소리죠. 우리 모두 욕실에 칫솔을 걸어 놓았어요."

"그렇겠지."

그레이슨은 성급하게 말했다.

"하지만 같은 거니? 우리가 쓰는 거랑?"

"다른 점이라곤 조금도 없어요."

"물 마시는 유리컵은 다르겠지."

"웬걸요. 똑같아요."

이 말에 노인은 충격을 받은 모습이었다.

마니악은 포크를 내려놓았다.

"할아버지, 그 사람들도 우리와 같은 사람들이에요."

"나는 흑인들 집에 가본 적이 없어."

"그래서 제가 설명해 드리잖아요. 정말 똑같아요. 욕조, 냉장고, 양
탄자, 텔레비전, 침대……."

그레이슨은 고개를 흔들었다.

"그럴 리가, 그럴 리가……."

날이 저문 뒤에야 두 사람은 야구장비실로 돌아왔다. 그레이슨의
머릿속에 들어온 벌레는 이미 오래전에 살짝 간질거리는 정도를 넘
어섰다. 이제는 미칠 듯이 가려웠다. 그렇게 가려운 벌레를 내쫓는
단 하나의 통로는 입이었다. 그래서 노인은 말했다.

"어, 내 생각에는…… 어…… 우리 집에 오고 싶으면 말이다. 여기

는 바닥이 너무 딱딱해서."

그는 얼마나 딱딱한지 보여 주려고 발을 가볍게 굴렀다.

마니악이 얼마나 그러고 싶은지, 그 제안에 얼마나 감동했는지 나이 많은 공원 잡역부는 알지 못했다. 하지만 마니악은 자신이 부모님에게 불행을 가져다줬다는 생각 때문에 혼자 있기로 결심했다는 사실을 설명할 수 없었다.

"여기도 썩 나쁘진 않아요."

아이는 말했다.

"보세요."

아이는 가슴보호대 위에 눕고 눈을 감았다.

"아, 꼭 매트리스 같아요. 벌써 졸리는데요."

그런 뒤 노인의 마음이 상하지 않도록 재빨리 덧붙였다.

"그런데 저에 대해서는 다 말씀드렸으니까 이젠 할아버지 이야기를 해주세요."

마니악은 그레이슨의 외투를 잡아당겼다.

"잠잘 시간이니 이야기를 들려주셔야죠."

"이야기?"

그레이슨은 문 쪽으로 다가갔다.

"난 할 이야기 없다. 난 하찮은 사람이야. 단지 공원에서 일할 뿐이지."

"야구장에 선을 그리세요?"

"그럼. 그리지."

"YMCA에 사시죠. 공원의 트럭을 몰고요. 크럼펫을 좋아하시고."

그레이슨은 고개를 저었다.

"너만큼은 아니지. 네 생각해서 먹은 거야. 안 그랬으면 그 많은 걸 너 혼자 먹어야 했을걸."

"그렇담 한 가지 더 있어요."

마니악은 농담을 던졌다.

"할아버지는 거짓말쟁이에요."

두 사람은 큰소리를 내며 웃었다.

그레이슨은 문을 열었다.

"잠깐만요."

마니악이 소리쳤다.

"어렸을 때 할아버지는 자라서 뭐가 되고 싶었어요?"

그레이슨은 문가에 멈췄다. 어둠 속을 바라보았다.

"야구 선수."

노인은 불을 끄고 문을 닫았다.

25

아침에 그레이슨은 달걀빵과 큼지막한 오렌지 주스를 사왔다. 자기 몫으로도 똑같은 것을 샀기 때문에, 둘은 야구장비실에서 함께 아침을 먹었다.

"어젯밤에는 이야기도 안 들려주시고 저를 침대로 보내셨죠."

마니악이 장난을 쳤다.

그레이슨은 흰 수염에서 노란 달걀 조각을 털어 냈다.

"해줄 이야기가 없어. 말했잖니."

"야구 선수가 되고 싶으셨잖아요."

"그건 이야기가 아니지."

"그럼, 야구는 하셨어요?"

그레이슨은 오렌지 주스 절반을 들이켰다.

"마이너리그에서만."

노인은 중얼거렸다.

마니악은 날카롭게 외쳤다.

"마이너리그라고요!"

"메이저리그에서는 뛰지 못했지."

노인의 말에서는 기운이 오래전에 닳아 없어진 듯 너덜너덜한 피로가 묻어났다.

"할아버지, 마이너리그라니요. 세상에, 야구를 잘하셨나 봐요. 포지션은요?"

그레이슨은 '투수'라고 대답했다. 이 말은, 다른 말들과는 달리 전혀 닳지 않았고 생생하고 기운이 넘쳤다. 마니악은 깜짝 놀랐다. 그 말은 이렇게 들렸다. '나는 보기와는 달라. 선을 그리고, 트럭을 몰고, YMCA에서 사는, 무식한 공원 잡역부가 아니야. 늙어 빠지고 수염이 덥수룩한 무능력자가 아니란 말이야. 나는 투수야.'

마니악은 노인을 처음 보았을 때, 그에게 뭔가가 숨겨져 있다는 느낌을 받았었다. 이제 그게 뭔지 알게 되었다.

"할아버지, 성이 뭐예요?"

노인은 안절부절못했다.

"얼. 하지만 그냥 그레이슨으로 불러라. 다들 그러니까."

그는 벽에 걸린 시계를 보았다.

"가야겠다."

"할아버지, 잠깐만요……."

"일해야지, 늦겠어. 넌 학교에 가거라."

노인은 사라졌다.

정오가 되자 그레이슨은 샌드위치와 소다수를 들고 돌아왔다. 마니악은 그가 마이너리그에 대한 이야기를 하나 해줄 때까지 떠나지 못하게 했다.

그래서 그레이슨은 마이너리그 입성 첫날, 웨스트버지니아의 블루 필드에 간 이야기를 해주었다. 애팔래치안 리그에 속한 등급이 D인 팀이었다.

"제일 바닥이었지."

그는 말을 이었다.

"다들 거기서부터 시작했어. D급은 이제 없어졌지만."

그날 그레이슨은 지나가는 차를 얻어 타고 블루 필드까지 갔다. 도착해서 주유소 직원에게 야구장이 어느 쪽인지 물어 보았는데, 그 직원은 이렇게 말했다.

"가르쳐 드릴게요. 하지만 먼저 물어볼 게 있어요. 새로 온 야구 선수죠. 그쵸? 그것도 막 입단하는?"

"네. 그래요."

"그럴 줄 알았어요. 그러면 일단 저쪽에 먼저 들러 보세요."

직원은 길 건너편을 가리켰다.

"저기 저 식당, 블루 스타 말이에요. 저기 들어가서 자리를 잡고 여종업원에게 메뉴판에서 가장 비싼 스테이크를 달라고 주문하란 말이에요. 그밖에도 필요한 건 뭐든지. 모두 가게 부담이거든요. 블루 스타는 신입부원의 첫 번째 식사를 무조건 공짜로 줘요."

그는 윙크를 하며 덧붙였다.

"거래를 하려고 말이에요."

'굉장한데……'라며 감탄한 그레이슨은 그 말대로 했다. 그런데 그가 음식을 배불리 먹고 일어나 식당을 나왔을 때, 식당 주인이 그를 쫓아 거리까지 달려 나왔다. 그레이슨이 돈을 내지 않고 그냥 나가 버린 것 때문에 화가 머리끝까지 나 있었다. 그리고 그레이슨이 새로 온 부원이며 무료로 제공되는 식사를 한 것뿐이라고 설명하자, 가게 주인은 훨씬 더 화를 냈다. 그 주유소 직원이야말로 어처구니없는 사기꾼이었던 것이다. 어수룩한 신입부원을 노련한 농담으로 환영하고 싶었던 모양이다.

이렇게 해서 블루 필드 불레츠는 그날 야구장에 신입 투수 없이 시합을 해야 했다. 그동안 그들의 신입 투수는 블루 스타 식당 부엌에서 500그램짜리 스테이크, 구운 닭요리 절반, 파이 두 조각의 값을 치르려고 설거지를 하고 있었다.

이런 이야기를 듣고 나자 마니악은 자리에 가만히 있을 수 없었다. 그래서 그레이슨을 따라 갔다. 마니악은 노인을 도와 아이들이 동물을 만지고 놀게 허락된 농장에 울타리 세 개를 세웠다. 공원 관리인이 와서 아이에 대해 묻자, 그레이슨은 잠시 들른 조카라고 말했다. 예산을 담당하는 관리인은 "애한테 돈을 줄 수는 없습니다, 잘 아시

다시피"라고 말했다. 그리고 그레이슨은 "괜찮소, 문제없습니다"라고 대답했고 일은 그걸로 마무리되었다.

그때부터 마니악은 매일 오후 그레이슨과 함께 일했다. 둘은 울타리를 세우고, 고치고, 돌을 운반하고, 아스팔트 조각을 맞추고, 페인트칠을 하고 나무 가지치기를 했다. 둘은 아침, 점심 그리고 저녁을 함께 먹었다. 가끔은 야구장비실에서, 가끔은 식당에서. 둘은 주말을 함께 보냈다.

그러는 동안 그레이슨은 야구 이야기를 해주었다(내내 "난 할 이야기가 없다"라고 주장하면서). 모두 마이너리그 팀, 마이너리그와 관련된 이야기였다. 너저분한 호텔, 너저분한 버스, 너저분한 경기장, 너저분한 팬, 너저분한 관중석. 그리고 커브볼과 메이저리그를 향한 꿈에 관한 이야기였다. 깨끗한 시트와 베이스마다 심판이 있는 메이저리그를 향한 꿈.

재미난 이야기. 행복한 이야기. 슬픈 이야기. 그냥 평범한 야구 이야기. 모두 있었다.

가장 행복한 이야기는 윌리 메이스가 마지막으로 마이너리그 타석에 섰을 때였다. 그다음에 메이스는 뉴욕 자이언트로 갔다. 자, 메이스에게 마지막 일격을 날린 사람은 우리의 그레이슨으로, 인디애나폴리스와 9회를 맞고 있는 참이었다. 그레이슨은 어떻게 했을까? 메이스의 방망이를 굴복시켰다! 단, 세 개의 커브볼로.

가장 슬픈 이야기는 머드 헨스 팀에서 온 스카우트 담당자에 관한 것이었다. 머드 헨스 선수 명단에 빈자리가 생겼고, 그 스카우트 담당자는 그 자리를 심술궂은 커브볼을 던지는 투수, 얼 그레이슨이라는 이름으로 채울 생각이었다. 그레이슨에게는 좋은 기회였다. 머드 헨스는 AAA등급이었고 단 한 발자국만 가면 메이저리그였다.

경기 전날 밤, 그레이슨은 오랜 시간을 침대 옆에 무릎을 꿇고 기도하며 보냈다. 그리고 경기 시작 5분 전에도, 선수 대기소에서 몸을 굽히고 신발 끈을 묶는 체하며 한쪽 눈을 감고 기도했다.

"제발 이번 경기에서 이기게 해주세요."

별난 일이었다. 그는 평생 교회에 가본 적이 없었기 때문이다("하느님이 놀라서 기절하셨을 거야"라고 그레이슨은 마니악에게 말했다).

정말로 하느님은 기절했거나 메이저리그 선수들의 기도만 들었는지도 모른다. 그레이슨은 마운드에 나가 인생 최악의 공만 던져 댔기 때문이다. 그의 커브볼은 곡선을 그리지 않았고, 싱커는 가라앉지 않았으며, 너클볼은 투수의 뜻대로 날아가지 않았다. 타자들은 노르망디 해변을 침략하듯 공을 쳐댔다. 3회가 끝나지도 않았는데 점수는 12 대 0이었다. 그레이슨은 교체되었다.

당시 그는 27살이었고 그때가 더 큰 물로 나갈 수 있는 마지막 기회였다. 그는 13년을 더 야구에 매달려 야구 중독자로 살면서 무더운 멕시코의 구아나주아토 팀에 속해 공을 던졌다. 결국 그의 커브볼은 더 이상 칠리만큼도 휘지 않고 강속구는 스페인 아가씨의 대답보다도 느려지고 말았다.

그는 40세가 되어서야 야구를 그만두었다. 사실상 인생을 포기했다. 야구에 바친 그 모든 세월에도 그가 찾을 수 있는 일거리라고는 화장실을 청소하거나 마루를 닦거나 야구장 선을 그리는 일뿐이었다. 아니면 멀고 먼 훗날 눈이 동그래진 집 없는 아이에게 이야기를 들려주는 것 정도였다.

26

그런 이야기를 빈손으로 듣기는 힘들었다. 그레이슨이 이야기를 하나 시작하면, 마니악은 장비 주머니에 손을 뻗어 공이나 방망이나 포수 글러브를 꺼냈다. 낡은 공에서 나는 말가죽 냄새를 킁킁거리며 맡고, 손가락을 공의 빨간 실 땀 위에서 까딱거렸다. 설명할 수 없지만 이렇게 하면 이야기에 집중이 잘 되었다. 마니악에게는 그랬다.

　그리고 야구에 대한 이야기였으므로, 두 사람은 손이 근질거려 금세 공을 주고받게 되었다. 그러다가 밖으로 나가 더 먼 거리에서 공을 주고받았다. 리전 야구장의 외야 잔디에서는 연습 경기를 할 수 있었다. 노인은 공을 던지고 아이는 땅볼을 쳤다. 수비 연습도 할 수 있었다. 노인은 높게 공을 날리고 아이는 그것을 잡으러 갔다.

　이제 이야기는 훈련과 뒤섞였다. 회색 머리에 등이 굽은 괴짜 노인은 아이에게 운동장 반대편까지 스프레이로 선을 그리는 법을 가르쳐 주었다. 타자가 치기도 전에 긴 플라이 공을 향해 뛰어오르는 방법도. 커브볼을 던지는 법도. 크림펫 포장을 벗기느라 서투르게 씨름하던 뻣뻣하고 굽은 손가락은 야구공을 자연스럽게 감싸 쥐었다. 한 손에 공을 쥐면 공원 잡역부는 코치가 되었다.

물론 노인은 투구 기술들을 말로 가르칠 뿐 더 이상 던질 수는 없었다. 한 가지만은 예외였는데, 지난날의 레퍼토리 중에서 유일하게 남은 투구법이었다. 노인은 그것을 '정지 공'이라고 불렀고, 마니악은 그것 때문에 얼이 빠져 버렸다.

노인은 어느 날 텍사스 리그에서 정지 공을 생각해 냈는데 그걸 완성했을 때는 야구에서 멀어진 지 오래였다. 대개의 투구와 달리 정지 공은 반전의 요소가 없었다. 반대로 노인은 늘 예고하는 편이었다.

"좋았어."

노인은 마운드에서 소리쳤다.

"간다. 공을 잘 봐야 해. 거기까지 날아가서 홈에 도착할 쯤 '정지할' 테니까. 그래, 아무도 그걸 치지 못했지. 그러니 너도 못 친다고 속상해할 필요 없어. 정지 공에 삼진당하는 건 창피한 일이 아니야."

그러고는 공을 던졌다.

자, 물론 마니악은 그 말을 모두 허풍으로 여기지는 않았지만, 확인해 보려고 공을 특별히 주의 깊게 보았다. 공에 색다른 점은 없어 보였다. 적어도 처음에는. 하지만 가까이 다가올수록, 공은 점점 더 묘해졌다. 그리고 공이 홈에 도착할 때쯤에는 멈춘 거나 다름없었는데, 마니악은 자신이 공을 맞추려고 방망이를 휘두른 건지 아니면 노인의 말을 맞추려고 휘두른 건지 알 수 없었다. 어쨌든 몇 주 동안 애썼지만, 마니악이 친 공은 내야를 벗어나지 못했다.

10월이었다. 외야를 둘러싼 나무들은 색을 뽐냈다. 아이와 괴짜 노인은 야구를 하느라 점심시간을 날려 버렸고 저녁 식사 후와 주말도 마찬가지였다.

매일 밤 YMCA에 있는 숙소로 돌아가며 노인은 "학교 가야지" 하고 투덜거렸다. 그러던 어느 날 아이는 "그러고 있어요"라고 답했다.

그렇게 노인은 아이가 아침마다 무얼 하고 있는지 알게 되었다.

전에도 책이 있었으며, 점점 늘어난다는 사실은 노인도 감지했었다. 하지만 책에 대해서는 별로 생각해 보지 않았다. 이제 아이는 그에게 "할아버지가 주신 돈 있잖아요" 하고 말했다. 매일 아침 노인은 아이에게 크럼펫을 직접 사 먹으라고 50센트나 1달러를 주었다.

"그래요. 그 돈을 가지고 도서관에 갔어요. 입구 안쪽에서 이 책들이랑 상자를 팔고 있었는데요, 오래되어서 더 이상 필요 없대요. 한 권에 5센트나 10센트밖에 안 해요."

마니악은 책 더미를 가리키며 말을 이었다.

"제가 산 거예요."

아이는 노인에게 보여 주었다. 아주 오래되고 뒤표지가 찢어진 수학 책, 조각조각 떨어진 여행 책, 뒤틀린 철자 교과서, 토막 난 추리소설, 위인전기, 음악 책, 천문학 책, 요리 책.

"대체 뭐냐?"

노인이 물었다.

"뭘 공부할지 마음을 못 정한 게냐?"

아이는 웃었다.

"모조리 읽고 싶어요."

아이는 손을 번쩍 들며 말을 이었다.

"뭐든 다 배울 거예요!"

아이는 책 한 권을 폈다.

"보세요. 기하학…… 삼각형…… 아, 이등변 삼각형. 여기 변이 두 개인데 똑같아 보여요?"

노인은 눈을 가늘게 떴다. 고개를 끄덕였다.

"좋아요. 그러면 할아버지, 증명할 수 있어요?"

노인은 1분간 꼬박 삼각형을 들여다보았다.

"자가 있으면……."

"자는 없어요."

노인은 한숨을 쉬었다.

"그럼 포기다."

그래서 아이가 그것을 증명했다. 완벽하고 정확하게.

이틀 뒤, 리젼 운동장 내야에서 강속구를 날리는 동안 노인은 아이에게 말했다.

"너, 얼른 공부를 해서 내게 글자 좀 가르쳐 주지 않을래?"

27

이제 노인이 해주는 이야기는 더 이상 야구 이야기가 아니었다. 술에 취해서 언제나 그를 혼자 내버려 둔 부모님에 대한 이야기였다. 온종일 종이를 자르고 게임을 하며 노는 교실에 남겨진 이야기. 교실 문 바로 밖에서, 교장에게 "이 아이들은 정지하라는 표지판도 제대로 읽지 못할 거예요"라고 귓속말을 하던 선생님에 대한 이야기. 선생님의 말을 증명해 주려는 듯 그는 바로 그때부터 더 이상 노력하지 않았다.

"블루 필드에 대해서 네게 말하지 않은 부분이 있다면, 그때 내 나이가 고작 열다섯 살이었다는 거야. 난 도망친 거였어."

아이와 노인은 트럭에 올라탔다. 그들은 세 번 멈췄다. 처음에 동물원에 있는 공원 사무소에 들렀는데, 그레이슨은 그곳에서 관리인에게 잠시 동안만 오후에 시간제로 근무하고 싶다고 말했다. "좋아요, 그러면 정규직 월급은 기대하지 않는 게 좋을 거요"라고 관리인은 말했다.

그런 뒤 둘은 도서관의 책 판매대로 가서 《코끼리 왕 바바》, 《마이크 멀리건과 증기 삽차》, 《작은 기차》와 같은 낡은 그림책을 스무 권 샀다.

그런 뒤 할인점에 가서 작은 휴대용 칠판과 분필도 샀다.

사흘 동안 그레이슨은 알파벳을 완전히 익혔다. 글자 모양과 소리까지.

일주일 뒤에 그는 1음절 단어 열 개를 읽게 되었다. 하지만 기억에 의존해서 읽었을 뿐이었다. 처음 보는 단어들을 보고 소리 내서 읽기 시작할 때까지 두 주가 더 걸렸다.

노인은 자음에 관해서는 상당한 재능을 보였다. 가끔씩 'm' 과 'n'을 혼동했지만 밤낮으로 말썽을 부리는 자음은 'c'였다. 그것을 보면 노인은 텍사스 리그 시절에 어떤 카우보이가 타보라고 해서 도전했던 야생마가 떠올랐다. 그는 'c'에 안장을 얹고 등에 올라탄 뒤 살아남기 위해 안장 앞머리를 꽉 붙들었는데, 그놈의 'c'는 대개 그를 내던져 버렸다. 그런 일이 생길 때마다 그는 곧바로 다시 올라타서 조금 더 버텼다. 머지않아 'c'는 누가 주인인지 알아보고 싸움을 포기했다. 하지만 가장 고약한 경우에도 자음은 재미있었다.

모음은 달랐다. 노인은 모음을 좋아하지 않았고, 모음도 마찬가지였다. 다섯 개뿐이었지만 어디에서나 불쑥 나타났다. 수줍어하는 자음들 몇 개와 마주치지 않고 단어 스무 개쯤을 통과할 수는 있었지만 모음을 깨우지 않고서 한 음절이라도 살금살금 지나치기란 힘든 노릇이었다. 자음이라면 어느 자리에 서 있는지 잘 알아냈지만 모음은 절대 신뢰할 수 없었다. 늙은 투수에게 모음은 꼭 자신의 자랑인 너클볼이 자기에게 달려드는 것만 같았다. 외각, 내각, 높게, 낮게. 투수라고 해도 알기 어려운데, 타자로 서 있으니 공이 어느 방향에서 들어오는지 더더욱 갈피를 잡을 수 없었다. 그는 계속 방망이를 휘둘러 댔지만 공을 놓쳤다.

하지만 아이는 훌륭한 코치였고, 완강했다. 절대 노인이 살그머니 교체되도록 내버려 두지 않았고, 계속해서 그를 타석으로 불러냈다. 아이는 다른 말을 했지만 늙은 마이너리그 선수의 귀에는 이렇게 들렸다.

"공에서 눈을 떼지 마세요……. 방망이를 단단히 붙잡아요……. 날아오는 공을 주시해요……. 걱정 말고…… 방망이를 갖다 대기만 하세요."

오래지 않아 노인은 그 모음들을 꼼짝 못하게 만들어서, 그것들을 타고 자음에서 자음으로, 음절에서 음절로, 단어에서 단어로 껑충 뛰게 되었다.

어느 날 아이는 흑판에 이렇게 썼다.

나는 공을 볼 수 있다.

노인은 그 문장을 잠시 들여다보더니 천천히, 그리고 몹시 조심스럽게 말했다.

　　"나는…… 공을…… 볼 수…… 있다."

　　마니악은 '와!' 하고 환성을 질렀다.

　　"읽었어요!"

　　"읽었어!"

　　노인도 소리쳤다.

　　노인의 입은 웃느라 헤벌쭉 벌어져서 문을 빠져나가려면 조각조각 쪼개야 할 지경이었다.

28

그레이슨이 처음부터 끝까지 읽은 최초의 책은 《작은 기차》였다. 꼬박 한 시간이 걸렸고 오후 내내 애쓴 결과였다. 마침내 노인은 땀에 흠뻑 젖어 녹초가 되었다.

그런데 마니악의 반응에 노인은 놀랐다. 노인이 처음으로 문장을 읽었을 때처럼 펄쩍 뛰어오르거나 '야호!' 하고 소리치지도 않았다. 아이는 멀리 떨어진 구석의 울퉁불퉁한 장비 주머니 위에 앉아 있을 뿐이었다. 마니악은 그레이슨이 책을 읽는 동안 멀리서 지켜보며 어떤 속임수도 있어서는 안 되고, 그레이슨 혼자서 해내야 한다는 사실을 알려 주었다. 이제 아이는 그레이슨을 빤히 쳐다볼 뿐이었는데, 얼굴에 엷은 미소가 떠올랐다. 마침내 아이는 주먹을 움켜쥐고 그레이슨을 향해 내밀면서 말했다.

"아-멘."

"무슨 소리냐?"

"아-멘."

"왜 그래? 누가 기도했어?"

"전에 다니던 교회에서 배웠어요. 기도할 때만 하는 게 아니에요. 누군가가 무슨 말을 할 때, 정말로 감동적인 일을 했을 때 하는 말이에요."

아이는 장비 주머니에서 폴짝 뛰어내리더니 천장을 향해 두 손을 번쩍 들고 소리쳤다.

"아아아아-멘!"

아이는 갑자기 노인을 끌어안았다. 센터필드 정중앙에서 수풀 쪽으로 공을 쳐내는 것을 보았기에 망정이지, 안 그랬으면 이렇게 어린 소년에게서 나온다고 믿어지지 않을 정도의 힘으로 꽉 조였다.

"좋아요!"

마니악은 손뼉을 치며 말했다.

"뭘 해드릴까요? 오늘은 제가 요리를 맡을게요. 뭐든지 말씀만 하세요."

이제 아이에게는 구레나룻을 기른 친구가 사준 토스터 오븐이 있었다. 사실 조금씩, 그레이슨은 마니악에게 상당히 많은 물건을 사주고 있었다. 옷장 하나, 실내 난로, 소형 냉장고, 수백 장의 종이 접시와 플라스틱 조리기구, 담요, 깔고 잘 매트(마니악은 가슴보호대를 더 좋아해서 매트는 쓰지 않았다). 곧 그 장소는 YMCA에 있는 노인의 숙소보다 훨씬 집다워졌다.

"옥수수 머핀으로 할까?"

그레이슨은 약한 치아와 쑤시는 잇몸을 생각해서 말했다.

마니악은 식료품 저장실로 사용하고 있는 책장으로 다가갔다.

"옥수수 머핀 대령하죠. 노릇하게 구울까요?"

"그럼, 좋지."

"버터는요?"

"버터? 좋아."

"음료수는 필요 없으신가요, 손님?"

"아니, 머핀이면 충분해."

"사과 주스가 훌륭한데요, 손님. 지금 사과가 제철이잖아요."

마음껏 즐기자고 그레이슨은 생각했다.

"그래, 좋아. 사과 주스."

"당장 가져다 드리겠습니다, 손님."

식사를 한 뒤 아이는 자신이 요리를 잘하는 만큼 사람의 마음도 잘 읽어 낸다는 사실을 증명했다. 아이는 "여기서 주무시는 게 어때요?" 하고 말했다.

"밤이 늦었어요."

그레이슨이 터무니없는 생각이라고 궁싯거리는 동안, 아이는 자신이 한 번도 사용하지 않은 매트를 깔고 노인을 억지로 눕힌 뒤, 신발을 벗기고 담요를 넉넉하게 덮어 주었다.

"이건 네가 써야 되는 건데."

그레이슨은 사양했다.

아이는 가슴보호대를 쓰다듬었다.

"저는 괜찮아요. 정말로……."

노인은 그 말이 사실이라는 걸 알았다.

노인은 고단한 몸을 기분 좋게 누이고, 하늘 높이 둥실거리며 떠오른 공처럼 차츰 잠에 빠졌다. 마음 깊은 곳에서 무엇인가가, 얼마나 깊이 뿌리박혀 있었는지 짐작도 못했던 무엇인가가 처음으로 짐을 벗고 가볍게 날아올랐다. 머드 헨스의 스카우트 담당자 앞에서 치욕을 당하고 실패라는 팻말을 단 뒤로 37년 만이었다. 담요가 있었지만, 그의 몸을 덮어서 따뜻하게 해준 것은 소년의 포옹이었다. 누군가 정말로 감동적인 일을 해줄 때 말이다.

"아-멘."

노인은 옥수수 냄새, 야구공 냄새가 나는 어둠 속에 대고 속삭였다.

29.

11월 내내 겨울은 투밀스에 장난을 걸고 귓속말을 하고 턱 밑을 간질였다. 추수감사절인 화요일, 겨울은 투밀스의 배를 발로 뻥 찼다.

하지만 그 추위에 굴하지 않고 노인과 아이는 전통 있는 고등학교 미식축구 경기를 보려고 공원 경기장에 밀어닥친 만 명의 인파에 끼어들었다. 아주 찬 공기가 가재 모양을 한 스토니 개울가에 얼음으로 된 유리창을 끼워 놓았다. 인간의 코에는 반대 효과를 일으켰다. 마니악과 그레이슨의 코는 수도꼭지처럼 콧물이 줄줄 흘렀지만 손수건이 눈에 띄지 않았다. 두 사람은 대신 소매로 닦다가 식당에서 냅킨 한 주먹을 쥐고 나왔다.

투밀스가 이겼는데, 마지막에 쿼터백 데니가 큰손 제임스 다운에게 터치다운을 할 수 있게 70미터나 되는 패스를 한 덕분이었다. 정다운 욕을 내뱉는 동네 축구 친구가 긴 갈색 손가락으로 공을 껴안듯이 붙잡는 순간, 마니악은 의자 위로 펄쩍 뛰어올랐다. 큰손을 뒤

쫓는 선수들이 골라인으로 걸음을 옮길 때마다 욕을 내뱉었다(그리고 혹시 아만다의 엄마가 듣고 있지는 않은지 확인하려고 주변을 살폈다).

야구장비실로 돌아왔을 때쯤 두 사람은 거의 얼어 있었다. 하지만 나쁘진 않았다. 덕분에 작은 방의 온기가 훨씬 더 반가웠기 때문이다. 15분이 지나자 난로가 실내 공기를 열대지역처럼 만들어 주었고, 그동안 토스터 오븐에서는 2킬로그램짜리 추수감사용 닭고기가 갈색으로 익어 갔다. 가스레인지와 냄비들이 가동되었고, 오후가 될 때쯤 두 사람은 구운 닭요리, 사과 소스, 스파게티, 건포도, 호박 파이 그리고 크럼펫이 차려진 만찬 상에 앉았다.

마니악은 작년 추수감사절을 떠올렸다. 기쁨이라고는 전혀 없는 탁자에 앉았고, 숙모와 숙부는 맛없게 보이는 거대한 새 요리만큼이나 조용하고 생기가 없었다. 마니악은 지금의 축복을 고백했다.

"훌륭하신 하느님, 지금까지 우리가, 아니, 제가 보냈던 최고의 추수감사절 저녁 식탁을 주신 것에 감사할 기회를 갖고 싶습……."

마니악은 식탁 맞은편을 엿보았다.

"할아버지."

마니악이 귓속말로 물었다.

"할아버지가 본 최고의 식탁 맞아요?"

노인은 한쪽 눈을 떴다. 어깨를 으쓱했다.

"모르겠구나. 아직 먹어 보질 않아서."

마니악은 노인을 향해 눈을 치켜뜨며 불평했다.

"할아버지이……."

노인은 움찔했다.

"어, 그래……."

그는 한쪽 눈을 닭고기 쪽으로 가늘게 뜨며 말했다.

"……그래, 그런 것 같구나."

"최고."

마니악이 재촉했다.

"최고, 맞아."

마니악은 기도를 계속했다.

"그리고 이런 따뜻한 집을 주시고, 여기에서 작은 가족을 이루게 해주신 것, 할아버지가 읽는 법을 배우게 된 것에 감사드립니다. 할아버지는 벌써 책을 열세 권이나 읽었는데, 하느님은 이미 아실 거라고 믿어요. 그리고 하나 더. 하느님께서 아만다의 가족이 행복한 추수감사절을 보내고 있기를 바라는 제 마음을 전해 주실 수 있다면, 정말로 감사할 거예요. 아만다의 가족은 시카모어가 728번지에 살아요. 혹시 근처에 다른 아만다의 가족이 있을지도 모르니 말씀드립니다. 아멘."

"아멘"

그레이슨도 말했다.

둘은 바보같이 음식을 꾸역꾸역 먹고 난 뒤, 쓰러져서 폴카 음악에 귀를 기울였다. 그레이슨이 일주일 전에 축음기와 함께 수집한 음반

전부를 가지고 왔다. 서른한 장이나 되는 폴카 음반을. 그레이슨은 폴카를 무척 좋아했다.

물론 폴카 음악을 들으면 일어나 춤추지 않을 사람은 없었다. 그래서 추수감사를 드리는 두 사람은 불룩한 배가 견딜 만하게 되자마자 그렇게 했다. 그들은 춤추고 웃었다. 음반을 계속 돌리고 돌렸다. 둘이 추는 춤이 사실 폴카는 아니었지만.

날이 거의 어두워졌다. 두 사람은 다시 쓰러졌는데, 마니악이 말했다.

"주변에 페인트 있어요?"

"있겠지. 왜?"

"보시면 알아요. 가져다 주실래요? 붓도 함께요."

노인은 무거운 몸을 일으켰다.

"색은?"

"검은색."

5분 뒤 노인은 돌아왔다.

"갈색을 찾았다. 이거면 되니?"

"좋아요."

마니악은 페인트 통을 열고 페인트를 휘저은 뒤 외투를 입었다. 붓을 쥐고 밖으로 나갔다. 그레이슨도 따라갔다. 그는 아이가 조심스러운 손놀림으로 문 바깥쪽을 페인트로 칠하는 것을 바라보았다.

마니악은 뒤로 물러서서 자신의 솜씨에 감탄했다.

"101."

아이는 선언했다.

"야외 음악당 거리 101번지!"

30

추수감사절이 근사했다면, 크리스마스는 예술이었다.

이제 그레이슨은 공식적으로 YMCA 숙소에서 나와 야외 음악당 거리 101번지로 이사를 했다. 라커룸 담당자와의 오랜 친분 덕에 그와 마니악은 YMCA의 샤워 시설을 전처럼 마음껏 사용할 수 있는 특권을 얻었다.

크리스마스를 위한 외부 장식으로, 두 사람은 문에 화환을 달았다. 작은 창문이 딱 하나 있었지만 양초를 올려놓을 창문턱이 없어서 눈 모양의 잔가지로 대신했다.

집 안은 또 다른 세상이었다. 산타의 꼬마 요정들이 제집처럼 느꼈을 만큼. 팝콘이 매달린 끈은 천장에서 바닥까지 늘어졌다. 상록수 가지들이 여기저기에서 반짝이며 소나무 향을 퍼뜨렸다. 사각형 모양의 빈 공간이 조금이라도 있으면 크리스마스 장식들이 파고들었다. 성냥갑으로 만든 말구유, 도자기 산타, 배나무에 앉은 자고새.

어느 날 그레이슨은 큰 나뭇가지 한 쌍을 끌고 와서 톱질을 하기 시작했다. 톱질을 끝마쳤을 때, 방에는 나무로 만든 순록이 섰는데 마니악이 타도 될 만큼 컸다.

물론 크리스마스트리가 가장 매혹적이었다. 두 사람의 트리 장식 감각은 수많은 크리스마스가 지나는 동안 퇴색해 버린 모양이다. 장식을 끝마칠 무렵 금은실과 공, 그 외 수많은 장식에 덮여 뾰족한 소나무 잎은 거의 보이지 않았다.

사실 두 사람은 스스로의 노고에 기분이 좋았지만, 장식하고 싶은 흥분으로 가득 차 있었다. 터져 나오는 영감을 붙잡기에 방 하나는 너무 작았다. 그래서 두 사람은 밖으로 나가 개울을 건너 크리스마스트리로 만들기에 멋지고 적당한 상록수를 찾을 때까지 숲을 쿵쿵 걸어 다녔다. 둘의 발자국 위로는 소나무의 바늘 잎사귀 카펫이 깔렸다. 얼어붙은 눈 속으로 숨을 내쉬고 속삭이면서 그들은 두 번째 트리를 장식했다. 이번 장식은 자연이 제공했다. 알록달록 반짝이는 노방덩굴 목걸이, 뾰족한 솔방울, 포도주 빛깔의 옻나무 열매, 새 모양의 배처럼 생긴 버려진 금관화 등이었다. 엄지손가락 크기의 우아한 술잔 모양을 한 야생 당근도 있었는데 야생 당근의 별명은 '앤 여왕의 레이스'였다.

31

크리스마스 아침, 마니악이 잠에서 깼을 때 밖은 아직 어두웠다. 한두 시간이 지나면 크리스마스는 계단을 쿵쿵 뛰어 내려와 금빛 은빛에 싸인 투밀스의 크리스마스트리 주변에서 깩깩거릴 터였다. 하지만 이 순간 크리스마스는 더욱 순결한 자태로 먼동이 트기를 기다렸다.

마니악은 그레이슨을 흔들어 깨웠고, 그레이슨이 불을 켜려고 하자 손을 붙잡았다. 두 사람은 옷을 두툼하게 껴입고 고요한 밤 속으로 용감하게 나섰다. 마니악은 종이봉투를 들었다.

큰 눈이 며칠 전에 내렸다. 도시 곳곳에서는 사람들이 눈을 갈아엎고, 삽으로 치우고, 녹였다. 하지만 공원에서 개울, 숲, 경기장, 운동장을 따라가면 아직도 토끼나 다람쥐의 자취 말고는 아무도 손대지 않은 눈이 덮여 있었다. 키 큰 소나무 너머에서 별들은 떨어지기 주저하는 눈송이처럼 반짝거렸다.

두 사람은 자신들이 장식한 상록수를 찾아갔다. 아무 말도 하지 않고, 나무의 마법이 두 사람을 감싸도록 나무 곁에 가만히 섰다. 소나무를 여기저기 비추는 달빛 속에서 '앤 여왕의 레이스'는 은으로 세공한 잔처럼 온 세상을 굽어보았다.

그들은 동물원으로 가는 내내 개울 숲을 따라 걸었고, 눈 덮인 매혹적인 세상을 말없이 방황했다. 약속이라도 한 듯 두 사람은 같은 지점에서 멈췄는데, 쓰러져 반쯤 물에 잠긴 나무 위에서였다. 저 아래 어딘가에 사향뒤쥐 가족의 굴이 있다는 사실을 둘은 알았다. 노인은 입구 쪽에 소나무 가지를 놓았다. 마니악은 속삭였다.

"메리 크리스마스."

두 사람은 동물원에 있는 동물들, 최소한 야외에 있는 동물들이 행복한 휴일을 보내고 있기를 바라면서 그들을 찾아갔다. 두 사람을 보자 오리들이 특히 기뻐했다.

들소 우리에 도착할 때쯤 새벽이 나무 사이로 모습을 드러내고 있었다. 노인이 "받쳐주랴?"라는 말을 끝내기도 전에 마니악은 울타리를 타고 넘었다. 어미 들소는 울타리를 펄쩍 뛰어넘는 인간을 다시 보자 기뻤겠지만 감정을 드러내지는 않았다. 하지만 새끼 들소는 총총거리며 다가왔고 둘은 정겹게 재회했다. 마니악은 종이봉투 속에 손을 넣고 선물을 꺼냈다. "너를 위한 거야" 하고 마니악은 말했다. 그것은 스카프였다. 스카프 세 개를 한데 묶은 것을 아이는 새끼 들소의 목에 둘러 주었다. 그리고 웃으면서 "내년에는 네 뿔에 맞는 스타킹을 줄게" 하고 말했다. "네가 그때까지 이걸 잘 갖고 있으면 말이야." 마지막으로 코를 비비고 아이는 다시 울타리를 뛰어넘었다.

두 사람이 집으로 향할 때쯤 그제야 도시가 깨어났다. 아침 식사는 에그노그(달걀, 우유, 설탕 등을 섞은 음료-옮긴이)와 뜨거운 차와 쿠키와 크리스마스 캐럴과 형형색색의 불빛과 사랑이었다.

행복한 크리스마스를 맞는 다른 집처럼 나무 아래 선물이 있었다. 마니악은 그레이슨에게 장갑과 털모자와 책을 선물했다. 책은 주변에 놓여 있는 다른 책처럼 단단하지 않았다. 표지는 푸른색 도화지였고, 책등은 묶인 대신 스테이플러로 고정되어 있었다. 내용은 손으로 쓴 글자였고, 그림을 보니 머리 부분은 동그라미고 팔다리는 선이었다. 제목은 《윌리 메이스를 삼진아웃 시킨 남자》였다. 그레이슨이 약간 어려워하며 읽은, 저자의 이름은 제프리 L. 머기였다.

이제는 마니악의 차례였다. 아이는 포장을 뜯은 뒤 장갑, 크림펫 상자 그리고 팽팽하고 눈처럼 하얗고 절대 누구도 써보지 않은 야구공을 발견했다.

마니악은 기뻐서 어쩔 줄 몰랐다. 노인에게 달려들어 껴안았다. 노인은 잠시 가만히 있다가 소년을 떼어 놓은 뒤 "기다려라" 하고 말했다. 그는 야구장비 주머니 하나에 손을 바닥까지 집어넣더니 신문지로 거칠게 포장된 꾸러미를 꺼냈다. "여기 숨겨 두었지" 하고 그가 말했다. "네가 눈치챌까 봐 말이지."

마니악은 포장을 뜯었다. 그리고 선물을 본 뒤 자기도 모르게 입을 딱 벌렸다. 다른 사람에게 그것은 남루하고 낡은 가죽 덩어리였다. 야구 글러브라고 하기엔 알아보기 힘든 지경으로 쓰레기통에 버려야 할 정도로 낡았다. 하지만 마니악은 그레이슨이 마이너리그 시절에 사용했던 글러브라는 사실을 단번에 알았다. 그것은 흐느적거리고 납작했으며 오목한 부분은 오래전에 사라졌다. 천천히, 머뭇거리며, 성스러운 곳에 들어가듯 아이의 손가락이 글러브 속으로 살그머니 들어가서 굽히고 갈라진 가죽을 둥글게 감쌌다. 그것에 제 모양을, 생명을 불어넣었다. 마니악이 글러브 손바닥에 새 공을 놓고 글러브를 굽히자, 글러브는 기억을 되찾고 이내 순해지면서 공이 들어갈 움푹 파인 곳을 내주었다.

아이는 글러브에서 눈을 떼지 못했다. 노인은 아이에게서 눈을 떼지 못했다. 축음기가 '크리스마스 폴카'를 끝마치고 딸깍하며 멈췄고, 오랫동안 고요만 가득했다.

닷새 뒤에 노인은 세상을 떠났다.

32

아침에 침대에서 먼저 나오는 사람은 보통 그레이슨이었다. 그는
난로를 켜고 음악당 세면실로 가서 물을 약간 데우고, 아침 식사를
준비한 다음에야 소년의 어깨를 부드럽게 흔들어 깨웠다. 12월 30일,
마니악을 깨운 것은 정적과 추위였다. 난로는 켜져 있지 않았고 탁자
위에 김이 모락모락 나는 컵도 없었고 노인은 아직도 이불을 덮고
있었다.

마니악은 노인에게 다가갔다.

"할아버지."

노인의 어깨를 흔들었다.

"할아버지?"

마니악은 노인의 손을 잡았다. 차가웠다.

"할아버지!"

아이는 관리인이 있는 사무소로 뛰어가지 않았다. 가장 가까운 집으로 뛰어가지도 않았다. 아이는 알고 있었다.

윌리 메이스를 삼진아웃 시킨 공을 던졌던 손, 간절한 기도를 배신하고 노인을 실망시켰던 차갑고 축 늘어진 손을 잡았다. 아이는 노인에게 말하기 시작했다. 자신이 길에서 보낸 시간, 두 사람이 함께 갔던 곳 그리고 모든 것에 대해서.

그런 뒤 큰 목소리로 책을 읽기 시작했다. 노인이 글을 배우며 읽었던 모든 책을 크게 소리 내어 읽었고, 노인이 가장 좋아하던 《마이크 멀리건과 증기 삽차》를 마지막으로 읽었다.

문득 창밖을 보니 밤이었다. 아이는 노인의 매트리스 옆에 가슴보호대를 끌어와서 누웠다. 그때서야 눈을 감을 수 있었고, 그는 몹시 울었다.

장례식은 새해의 세 번째 날에 치러졌다. 마니악은 마침내 노인의 죽음을 동물원지기에게 말하러 갔고 그때부터는 할 일이 없었다.

그레이슨은 관에 실려 공동묘지로 갔다. 운구하는 사람들은 마니악이 모르는 이들이었다. 도시의 환경 미화원들이었는데, 그들이 파헤쳐진 땅에 관을 내리며 헐떡거리고 몸을 굽힐 때 얼핏 소나무와 썩은 과일 냄새가 풍겼다.

조문객은 마니악뿐이었다. 공원 관리인이 올 거라고 생각했다. 아니면 YMCA 라커룸 담당자라도. 아니면 여름에 공원의 가판대에서 음식을 파는 아주머니라도. 아무도 없었다. 마니악과 장의사 직원과 운구하는 사람 여섯 명과 옆에 떨어져 서 있는 두 남자뿐이었다.

저 높이 은색 비행기가 거미처럼 조용히 하늘을 가로질렀다.

느닷없는 목소리에 마니악은 깜짝 놀랐다.

"그 사람은 언제 오죠?"

운구하는 사람 중 한 사람이었다.

장의사 직원은 시계를 들추려고 까만 가죽 장갑 끝을 잡아당겼다.

"지금쯤이면 왔어야 하는데."

"얼마나 더 기다려야 되는 거요?"

장의사 직원은 어깨를 으쓱했다. 한 사람만 빼고 운구하는 남자들은 모두 담뱃불을 붙였다.

마니악은 장의사 직원이 오지 않았으면 좋았을 거라고 생각했다. 한때 살아 있었지만 지금은 관 속에 누워 있는 노인과 아무 상관이 없는 사람이었다.

"추워 뒈지겠네."

운구를 맡은 한 사람이 말했다.

"나도 그래."

다른 사람도 말했다.

"이보시오. 저 구멍 막으려고 종일 기다릴 수는 없소."

무덤 파는 사람 중 한 사람이 외쳤다.

다들 길고 까만 코트를 입은 남자를 쳐다보았다. 그는 다시 시계를 보았다.

"길이 막히나 봐요."

목사님이구나, 하고 마니악은 생각했다. 목사님을 기다리나 봐.

운구하는 남자가 장의사 직원에게 다가갔다.

"여기 메다 놨으니 된 거 아뇨? 한 시간밖에 안 줬는데."

다른 운구하는 남자가 끼어들었다.

"도넛이나 먹고 오자고."

"뜨거운 커피도 좋지."

철거덕하는 큰 소리가 났다. 무덤 파는 남자가 작은 증기 삽을 가래로 때리고 있었다.

장의사 직원은 한숨을 쉬었다. 그는 담배를 꺼낸 뒤 운구하는 남자에게 담뱃불을 빌려서 불을 붙였다.

"2분만 더 기다려 봅시다. 그럼 알게 되겠죠."

마니악은 1분을 기다리며 목사님이 도착하는지 보려고 길을 살폈다. 다시 1분이 지나면 어떤 일이 일어나든지 간에 마니악은 그 광경을 보고 싶지 않았다. 그래서 달렸다.

"이봐, 꼬마야!"

그들이 외쳤다.

"거기 서. 꼬마야!"

하지만 마니악은 달리고 또 달렸다.

3부

33

그해 1월은 너무 춥고 건조해서 눈이 내리지 않았다. 달은 얼음처럼 보였다.

마니악은 매일 매시간 추억만 안고서 창백하고 고독한 방랑자가 되어 떠돌았다. 굶어 죽지 않을 정도만 먹었고, 얼어 죽지 않을 정도만 몸을 덥혔고, 멈출 이유가 없었기 때문에 달렸다.

관리인이 허락했더라도 그는 야외 음악당에서 지내지 않았을 것이다. 물건 몇 가지만 챙기러 갔을 뿐이었다. 담요와 쉽게 상하지 않는 음식, 글러브 그리고 되도록 많은 책을 낡고 까만 가방, 그레이슨의 소지품을 마이너리그로 운반해 주었던 까만 가방에 밀어 넣었다. 그곳을 영원히 떠나기 전에, 그는 페인트를 가져와서 문에 있는 101이라는 숫자 위에 사납게 덧칠했다.

낮 시간에는 보통 천천히 달렸다. 하지만 가끔은 느닷없이 분노에 차서 전력질주를 하며 10초나 20초간 달렸다. 자기 자신을 벗어던지려고 하는 것 같았다. 걸을 때도 있었다. 그는 강을 건너갔다 되돌아왔다. 주변의 모든 마을을 돌아다니며 사방을 헤맸다.

스쿨킬강의 다리를 건널 때 마니악은 급행열차가 다니는 철교를 의식적으로 보지 않으려고 눈을 돌렸다. 그렇게 했어도 마음속의 눈으로 빨갛고 노란 기차가 높은 철교를 질주하다가 물속으로 빠지고, 부모님을 죽이고 또 죽이는 모습을 보았다. 잠시 후 그는 다리를 건너는 걸 포기했다.

그것을 빼고는 계속 나아갈 공간이 있는 곳이면 어디든 갔다. 도로와 골목길과 철길을 따라, 들판과 공동묘지와 골프장을 지나. 저 위에서 내려다보면 마니악이 지나다닌 길의 흔적은 코블의 매듭만큼이나 절망적으로 얽혔을 것이다.

해질녘에 그는 투밀스로 돌아왔다. 여행 가방을 숨겨 둔 곳에서 가져와 밤을 보낼 곳을 찾았다. 몇 번은 들소 우리를 다시 찾아가서 지푸라기를 이불 삼아 덮었다. 다른 때는 버려진 자동차나 텅 빈 차고, 지하실 계단에서 밤을 보냈다.

가져온 음식이 바닥나자 마니악은 동물원이나 빈민을 위한 무료 식당이나 구세군에서 끼니를 해결했다. 주부들에게 잠시 일을 해주고, 점원들의 심부름도 했다. 구걸은 하지 않을 생각이었다.

어느 날 그는 자신이 유적과 대포가 있는 완만한 언덕에 서 있음을 깨달았다. 밸리포지였다. 대륙군이 자신만의 힘으로 겨울을 견뎠던 장소인데, 황량하고 얼어붙은 폐허는 그 자체로 이미 조각상이나 돌보다도 더 유적다웠다. 이곳에 있는 건물이라고는 조그만 회반죽을 한 통나무 오두막으로, 군대 대피소를 본뜬 것이었다. 마니악은 가슴에 자리 잡은 고통이 밖으로 부풀어 올라 이 공간을 채우는 느낌이 들었다.

그는 도시로 돌아가 가방을 찾아온 뒤 오두막 한 곳에 들어갔다. 커다란 개집만 한 크기였다. 바닥은 흙이었다. 문틀은 있었지만 문은 없었다.

담요에서 크래커 조각이 후드득 떨어졌다. 밖으로 내던졌다. 새들이 먹을 것이다. 그는 담요로 몸을 감싸고 누웠다. 밤새도록 그리고 다음 날 종일토록 거기 누워 있었다. 꿈은 추억을 따라가 애원했다. 꿈과 추억은 춤을 추고 짝을 이루더니 마침내 하나가 되었다. 마니악에게 애원하며 소리치던 유령들은 엄마와 아빠와 도트 숙모와 댄 숙부와 아만다 가족과 그레이슨의 얼굴을 하고 있었다. 더 이상 누구도 그를 고아로 만들 수는 없다.

두 번째 날, 저녁이 다가왔다가 이내 멀어졌다. 마니악은 꼼짝도 하지 않았다. 빨리도 쉽게도 다가오지 않으리라는 사실을 알기 때문에, 잔인하고도 끈기 있게 바라며, 그보다 나은 것은 없다고 여기며, 죽음을 기다렸다.

34

소곤거리는 목소리를 들은 것은 오두막에서 보낸 이틀째 밤이었다. 군인들의 목소리는 아니었다.

"난 여기 들어갈래."

"아니, 거기 말고. 저게 더 크잖아."

"피곤해. 그만 갈래."

"바보, 멍청아. 바로 저기잖아. 2초만 더 가면 돼."

"여기 있을 거야."

"좋아, 변덕쟁이 돼지야, 넌 여기 있어. 난 저기로 갈 거야. 잘 자라고."

정적.

그러다가 "기다려! 같이 가!" 하는 목소리.

그게 전부였다. 귀신들린 군인들은 돌아왔고, 그들의 귀신들린 눈동자는 온기와 음식, 생명을 찾고 있었다.

아침은 아니었다. 문가에 햇빛만 비칠 뿐이었다. 마니악은 몸을 일으키고 눈부신 햇살이 빛나는 바깥으로 기어 나갔다. 크래커는 얼어붙은 갈색 풀에 떨어져 있었다. 다음 오두막은 가까웠다.

1월은 얼음장 같은 손가락으로 마니악의 목덜미에서 등까지 쓸어내렸다. 그는 담요를 몸 쪽으로 더 단단히 잡아당겼지만 너무 늦어버렸다. 그 손가락은 마니악의 난로에 마지막으로 남아 있던 석탄을 건드렸고, 마니악의 몸은 잿불에 부채질을 해대며 격렬하게 떨렸다.

바로 옆에 있는 오두막으로 걸어가 안을 들여다보았더니, 구석에 둥글게 담요를 말고 있는 몸이 눈에 띄었다. 눈 한쪽이 열리고 그를 쳐다보았다. 그런 뒤, 연이어 세 개의 눈이 더 떠졌다. 몸은 나뉘고 두 개가 되었다. 두 명의 사내아이들이었다.

"저 얼간이 좀 봐."

앞니 빠진 아이가 말했다.

"담요를 덮고 들어오잖아. 이봐, 얼간이. 매트리스도 같이 좀 가져오지 그래?"

"베개도 말이야!"

다른 아이가 째지는 목소리로 외쳤다.

그러자 빠진 앞니가 털모자를 획 벗더니 째진 목소리의 얼굴을 때렸다. 째진 목소리도 앙갚음을 했다. 두 꼬마의 다툼이 폭풍이 되어 오두막 안에서 소용돌이치는 동안 마니악은 한 걸음 물러나야 했다. 마침내 싸움이 끝나자, 두 아이는 데굴데굴 구르고 천장을 향해 다리를 흔들며 싸운 시간만큼이나 오래 웃어댔다. 째진 목소리에게서 나오는 소리는 놀라웠는데, 목에 확성기라도 장착한 듯했다.

마침내 빠진 앞니는 문가에 서 있는 낯선 사람을 다시 발견했다.

"이봐, 얼간이. 너도 도망가니?"

"아니, 그건 아닌데."

"흥, 우리는 도망가!"

째진 목소리가 말했다.

"어디로 가는데?"

마니악이 물었다.

둘은 같이 대답했다.

"멕시코!"

마니악은 슬쩍 웃음을 흘렸다. 둘이 일어서자, 120센티미터도 안 되는 키에 여덟 살도 채 되지 않는다는 것을 알 수 있었다.

"그렇군."

마니악은 말했다.

"거긴 멋지고 따뜻하지만, 알다시피 엄청 멀지 않니?"

"그래, 우리도 알아."

빠진 앞니가 으르렁거렸다.

"우리가 너처럼 얼간이인 줄 아니?"

그는 구석에서 슈퍼마켓 봉지를 가져오더니 열었다.

"보라고."

봉지는 사탕, 컵케이크, 파이, 심지어는 크림펫 꾸러미로 가득했다. 마니악은 배 속에서 일어나는 반응을 억제했다. 그는 얼마나 목마른지 깨달았다.

"이거 다 어디서 났어?"

"훔쳤지!"

째진 목소리가 불쑥 말했다.

"닥쳐, 파이퍼! 이 바보 천치야. 사람들한테 훔쳤다고 말하면 안 돼."

다른 아이가 모자로 그 아이를 때리면서 말했다.

파이퍼도 모자로 앙갚음했다.

"너나 닥쳐, 러셀. 어디서 훔쳤는지 말 안 했다고."

이번 싸움은 1분도 채 되지 않아 끝이 났다. 하지만 마니악이 어디에서 왔냐고 물었을 때 싸움은 다시 시작되었다. 파이퍼는 "투밀스"라고 대답했고, 러셀은 "닥쳐! 경찰이면 어떡해!" 하면서 그 아이를 몹시 때렸다.

진정이 되자, 그들은 의심스런 눈초리로 마니악을 쳐다보았다. 파이퍼는 낄낄 웃었다.

"경찰 아니야. 그냥 남자애야."

"그러셔?"

러셀이 코웃음을 쳤다.

"역시 넌 그것밖에 안 돼. 애처럼 보이는 경찰도 있단 말이야. 그렇게 해서 애들을 잡는 거라고."

두 사람은 마니악을 조금 더 살폈다. 그들은 조심스럽게 다가와서 양편에 섰다. 그들은 마니악의 담요를 들추었다. 마니악의 온몸을 더듬었다.

"왜 이래야 되는 거야?"

파이퍼가 궁금해했다.

"총이 있는지 검사하는 거야."

러셀이 설명했다.

"아."

수색이 끝나자, 그들은 물러섰다.

"그러니까,"

러셀은 말했다.

"넌 경찰이 아니구나?"

"아니야."

마니악은 말했다.

그는 문가에서 조금 더 안으로 들어왔다.

"나는……" 하고 말하다가 잠시 멈칫한 마니악에게 좋은 생각이 떠올랐다.

"피자 배달부야. 매주 행사를 하는데 너희가 공짜 피자에 당첨됐어."

두 사람은 마주보며 입을 딱 벌렸다.

"우리가?"

"그래. 그것도 대형 피자로."

"어디 있는데?"

러셀은 주변을 둘러보며 물었다.

"코블의 코너에. 24시간 안에 받아야 해."

그는 두 사람이 어떻게 할까 말다툼을 하는 동안 기다렸다. 밸리포지에서 투밀스까지는 8킬로미터는 족히 되었다. 이 아이들은 멕시코까지 가지 못할 것이지만, 먼 길을 왔고 밤을 보냈으니 누군가가 이들을 걱정하느라 애태우고 있을 터였다. 그리고 아이들이 음식을 훔쳤다는 말이 농담이 아니라는 느낌이 들었다.

마니악은 그들이 마음을 정하도록 도와줘야겠다는 생각이 들었다.

"너희도 알겠지만,"

그는 말했다.

"멕시코까지는 길이 아주 멀어. 나랑 투밀스로 돌아가겠다면 지름길을 알려 줄게."

성공이었다. 곧 세 사람은 워싱턴 기념관을 지나갔다. 러셀과 파이퍼는 그들의 슈퍼마켓 봉지를, 마니악은 여행 가방을 들고 있었다.

헥터가와 버치가가 만나는 코블의 코너로 들어간 것은 이른 오후였다. 마니악은 코블의 매듭을 정복했다는 증명서를 제시했고, 10분 뒤에 어린 도망자들은 커다란 페퍼로니 피자를 공략했다. 마니악은 물 세 잔과 크럼펫 여섯 개로 만족했다.

아이들은 아침에 멕시코로 출발하기 전에 집에서 밤을 보내야 한다는 마니악의 말에 찬성했다. 코블의 코너에서 한 블록도 채 지나지 않았을 때, 마니악은 익숙한 목소리를 들었다. 고함을 지르며 거리를 달려오는 사람은 무서운 강속구 투수, 코브라들의 대장, 거인 존 맥냅이었다. 그는 미친 듯 화가 나 있었다.

마니악은 피해 버릴까 생각했지만, 두 장난꾸러기가 자신의 몸을 꼭 붙잡고 있었다. 두 아이가 주머니쥐의 등에 붙은 새끼들처럼 마니악에게 매달려 있자, 거인 존이 빨개진 얼굴로 호통을 쳤다.

"어디 있었던 거야?"

그는 소리 질렀다.

마니악이 뭐라고 대꾸해야 할지 고민하는 동안, 장난꾸러기들이 뒤에서 슬쩍 고개를 내밀며 말했다.

"어디긴, 형. 여기 있잖아. 이 형하고. 이 형은 경찰도 아니야. 우리가 이미 조사해 봤어."

그때서야 존은 마니악의 얼굴을 똑바로 쳐다보았다. 웃음이 존의 얼굴을 스쳤다.

"이런, 이런, 개구리 홈런왕이잖아."

웃음이 사라졌다.

"그래, 너 내 동생들한테 무슨 짓 했어?"

35

모든 일을 바로잡는 데는 시간이 좀 걸렸다.

우선 거인 존은 마니악이 동생들을 납치하지 않았다는 사실을 납득해야만 했다. 그런 뒤 존이 가출했다고 꾸짖는 동안 두 동생은 벌벌 떨며 마니악에게 더욱 매달렸는데, 아이들은 틀림없이 격주로 집을 나왔던 것이다.

그러고 나서 자신들에게 피자를 먹인 사람이 다름 아닌 그 유명한 마니악 머기, 큰형의 강속구를 산산조각으로 날려 버리고 개구리로 홈런을 쳐서 형을 끝장내 버린 바로 그 아이라는 사실을 알게 되자 둘은 5분 동안 웃음이 바닥날 때까지 보도 위를 굴렀다.

물론 그로 인해 거인 존은 열을 많이 받았다.

존이 동생들 앞에서 치욕당하는 것을 보고 싶지 않았던 마니악은 이렇게 말하고 말았다.

"그래, 하지만 다음 날 일어났던 일에 대해서는 존이 말하지 않았나 보지?"

동생들은 말했다.

"아니, 뭔데?"

거인 존도 말했다.

"뭐?"

마니악은 존에게 윙크를 하고 가운데 손가락을 꼬아 집게손가락 위에 얹었다.

"물론, 존. 너는 기억날 거야(윙크, 윙크). 다음 날 리틀리그 운동장에서 너는 네가 던진 게 강속구뿐이었던 걸 행운으로 알라고 했지. 그동안 연습해 온 비법의 투구를 드러낼 준비가 되어 있지 않았으니까 말이야. 기억나(윙크)?"

존은 말없이 고개를 끄덕였다.

"그래서 내가 말했지. '그럼, 덤벼 봐. 난 뭐든 칠 수 있으니까. 던져보라고.' 넌 던졌고, 난 완전히 빗맞혔어. 네가 온종일 던지는 공에 난 파울 하나도 치지 못했지."

"무슨 투구였어? 뭐였어?"

장난꾸러기들이 동시에 외쳤다.

"그건……."

마니악은 긴장감을 고조시키려고 말을 멈췄다.

"……정지 공이었어."

"정지 공?"

"그래, 눈에는 잘 보여. 홈을 향해서 똑바로 날아오는데, 허술하고 치기 쉬워 보이지만 방망이를 휘두를 때……."

마니악은 타자 자세를 취하며 보여 주었다.

"……뭐랄까, 멈춰 버려. 그리고 방망이는 허공을 때리는 거야."

그는 가상의 정지 공을 헛방망이질하는 척했다.

"와우."

동생들은 큰형을 올려다보며 말했다.

이렇게 해서 마니악은 맥냅 형제의 집에 초대를 받았다.

추위에도 현관문은 활짝 열렸고, 정체를 알 수 없는 악취가 집에서 풍겨 나와 마니악의 코를 찔렀다. 처음 눈에 띈 것은 노랗고 털이 짧은 개가 거실 바닥 가운데서 오줌을 누며 순진하게 올려다보는 모습이었다.

"치워."

존이 러셀에게 명령했다.

"치워."

러셀이 파이퍼에게 명령했다.

파이퍼는 그냥 지나가 버렸다.

놀랄 만큼 무거운 현관문을 닫은 다음, 마니악은 구석에서 신문 더미를 발견했다. 그는 오줌을 빨아들이도록 신문지 약간을 올려놓은 뒤 아래층을 둘러보았다.

마니악은 지금까지 놀라운 광경을 보아 왔지만, 이 집은 그중 최악이었다. 냄새로 보아 깔개 없는 바닥에 동물이 실례를 한 것이 처음은 아니었다. 사실 다른 구석에서는 신문으로는 빨아들일 수 없는 배설물이 발견되었다.

빵 조각, 과일 껍질, 과자 부스러기, 베이컨 껍질과 함께 깡통과 병이 사방에 굴러다녔다. 모두 쓰레기통에서나 찾아볼 수 있는 것이었다. 그리고 건포도가 사방에 널려 있었다.

식당으로 들어가면서, 뭔가—낡은 테니스공이었다—그의 정수리를 때리고 튕겨져 나갔다. 그는 고개를 들었다. 러셀과 파이퍼의 웃는 얼굴이 보였다. 천장에 뚫린 구멍은 엄청 커서 두 아이가 한번에 뛰어들 수 있을 정도였다.

그는 한쪽 벽을 손으로 쓸어 보았다. 벗겨진 페인트가 콘플레이크처럼 떨어져 나왔다.

부엌은 거실과 식당보다 더 심각했다. 바닥엔 땅콩버터 단지가 깨져 널브러져 있었다. 누군가가 달려와서 그 위로 뛰어들었다가 한쪽 발로 갈색 자취를 남기며 미끄러져 스키를 탄 모양이었다. 식탁 위에는 까마귀인 듯한 커다란 새가 해부되다 만 잔해가 있었다. 냉장고에는 두 종류의 음식만 있었다—겨자와 맥주. 건포도는 훨씬 더 풍족했다. 마니악은 건포도 몇 개가 움직이는 걸 발견했다. 건포도가 아니었다. 바퀴벌레였다.

현관문이 열리고, 잠시 후 한 남자가 부엌으로 쿵쿵 들어왔다. 그는 겨울 외투를 입지도 않고 소매 없는 녹색 스웨터만 걸쳤는데, 스웨터는 거대한 배 때문에 불룩했다. 팔뚝 위는 문신으로 파랬다. 그의 손은 거의 글자 그대로 까만색이었다. 시큼한 체취가 그가 들고 있는 버거킹 봉투에서 풍겨 나오는 감자튀김, 햄버거 냄새와 섞였다. 새의 잔해 옆에 봉투를 떨어뜨리며, 그는 "밥이다!" 하고 소리쳤다. 그러고는 냉장고에서 맥주를 하나 꺼냈다. 단숨에 맥주 절반을 들이키고는 트림을 하고, 캔을 짜부라뜨리고, 다시 트림을 했다. 그는 부엌에 다른 사람이 서 있다는 것을 알아차리지 못할 정도로 무신경했다.

바닥을 쿵쿵 울리며 고함을 지르는 두 아이가 식당으로 들어왔다.

"얏, 간다!"

"돌격!"

러셀과 파이퍼는 최단거리인 구멍을 통해 들어왔다.

"뭐 사왔어요, 아빠? 와퍼? 신난다, 와퍼다!"

그들은 자칼이 썩은 고기를 찢듯이 봉투를 찢었다. 포장도 날았고 감자튀김도 날았다. 둘 다 같은 와퍼를 원했다. 힘껏 잡아당기는 두 아이의 손 사이에서 으깨진 와퍼는 소스와 치즈와 피클 조각을 내뿜었다. 그런 뒤 반으로 갈라졌다. 러셀은 자기 차지가 된 반쪽을 들고 뒤로 비틀거렸다. 파이퍼는 반대 방향으로 뒷걸음질 쳤고, 장애물이 없었던 탓에 지하실 문을 곧장 지나 계단으로 굴러 떨어졌다. 마지막 쿵 소리 다음으로 트럭 경적 같은 파이퍼의 웃음소리가 들렸다.

거인 존이 느릿느릿 들어오자, "벽돌 좀 모았니?" 하고 존의 아버지가 물었다.

"아니요."

존은 와퍼 두 개를 꺼내며 툴툴거렸다.

그는 한 개를 마니악에게 던져 주었다.

"더 필요해."

아버지가 으르렁거렸다.

대답이 없었다.

"더 필요하다고."

"들었어요."

존의 아버지는 식탁을 내려쳤다. 감자튀김 세 개와 새의 날개가 바닥으로 떨어졌다.

"당장 말이다!"

존은 아랑곳하지 않고 햄버거를 우적우적 씹으며 밖으로 나갔다.

"바빴다고요."

나머지 밤 시간은 사이코 영화에 나오는 장면들 같았다.

장면1 : 존의 아버지는 팔을 드러낸 채 현관문에서 거들먹거리다가 집 안을 향해 "숙제나 해!" 하고 소리 지른다.

장면2 : 마니악은 거실에서 젖은 신문을 치운다. 집 안에는 휴지통이 없다. 그는 뒷마당에서 콘크리트 벽돌 옆에 있는 쓰레기통을 발견한다. 흠뻑 젖은 신문지를 쓰레기통 안에 버렸는데, 안은 텅 비어 있었다.

장면3 : 이상한 모양의 작은 똥이 1층 밑 판자를 따라 여기저기에서 보인다. '제발 쥐는 아니었으면' 하고 마니악은 기도한다.

장면4 : 코브라들이 들어온다. 그들은 마니악을 노려보지만 거인 존은 내버려 두라고 말한다. 그들은 냉장고를 털어 맥주를 찾아낸다. 그들은 담배를 피운다. 트림을 하고 방귀를 뀐다. 욕을 한다. 어린 코브라인 러셀과 파이퍼는 자기들의 맥주 캔을 따고, 거들먹거리고, 트림을 하고, 담배를 피우고, 욕을 한다.

장면5 : 그들은 거실 앞쪽부터 식당 뒤쪽까지 누비며 축구를 한다. 공간이 너무 작다는 걸 빼면 보통 경기와 다름없다. 달리고, 패스하고, 막고, 태클하고, 차고. 가로막는 가구가 거의 없다. 보통 창문은 5분도 견디지 못할 테지만 이 집의 창문은 합판으로 대어져 있다. 집이 삐걱거린다.

장면6 : 스토브 뒤에서 희미하게 바스락거리는 소리가 들린다. 맙소사, 쥐야! 마니악은 쳐다볼 생각도 못한다. 하지만 거북, 그것도 육지거북이었고 오래된 양상추를 우적거리고 있다. 휴.

장면7 : 아이들의 침실. 러셀과 파이퍼는 구멍에 엎드려 있다. 그들은 장난감 기관총을 쏘아댄다. 타타 타타 타타 타타. 현관 밖으로 나가는 코브라들을 향해. 파이퍼는 펄쩍 뛰어오르며 마니악을 날려버렸고, 최소한 열다섯 번은 그를 처치했다.

"이렇게 해치울 거야! 빵-빵-빵!"

"진짜 총으로."

러셀은 아직도 엎드려 총을 쏘며, 장난감 총자루를 뺨에 꽉 끌어대고 말한다.

"그래!"

파이퍼는 낄낄거린다.

"진짜로!"

그는 바닥으로 털썩 뛰어내려 아래층 전체를 향해 총을 쏘아 댄다.

"곧 그들이 쳐들어올 거야, 빵-빵-빵!"

"누구?"

마니악이 묻는다.

"적 말이야."

러셀이 말한다.

"그게 누군데?"

마니악이 말한다.

러셀은 발사를 멈추고 한참 동안 마니악에게 대체 어느 별에서 왔어, 하는 시선을 보낸다.

"누구일 것 같아?"

그는 비웃는다. 기관총의 붉은 총신을 현관문 쪽으로 조준한다. 동쪽으로. 이스트엔드 쪽으로.

열기 힘들었던 무거운 현관문.

장면8 : 어둠. 정적. 이른 아침 무렵. 마니악은 침대에서 두 형제 사이에 누웠다. 바퀴벌레들이 침대 다리를 타고 오르나? 잠을 잘 수 없어서, 그는 스스로에게 묻는다. 여기서 난 뭘 하는 거지? 기억한다. 그의 무릎에 앉았던 헤스터와 레스터, 그레이슨의 포옹, 토스터 오븐에 구운 옥수수 머핀을. 생각한다. 어쨌든 여기서는 도대체 누가 고아인 거야?

마침내 잠의 깊은 물속으로 몸을 낮추는데, 문이 '쾅' 하면서 똑똑하지 않은 발음으로 들리는 목소리. "숙제나 해!"

두려움이 생긴다. 몸이 푹 꺼져 버리면 어떡하지?

36

러셀과 파이퍼가 남은 요일 동안 학교에 가면, 마니악이 토요일에 멕시코로 가는 지름길을 알려 주기로 하고 거래는 성사되었다. 마니악은 그때까지만 견디면 다른 방도를 찾을 수 있을 거라고 생각했다.

토요일이 되자 소년들은 짐을 쌌고, 마니악은 새로운 거래를 제안했다. 학교에 일주일 더 가면 대형 피자 한 판을 사주겠다고 했다. 그리고 손가락을 걸고, 지금은 멕시코에서 화산활동이 활발한 계절이라고 덧붙였다. 전 지역이 붉고 뜨거운 용암으로 덮였기 때문에 식을 때까지 기다리는 편이 좋다고.

그들은 동의했다. 그리고 그다음 주에도 동의했다.

그래도 역시 아이들에게 학교는 괴로웠다. 일주일에 피자 한 판으로는 부족했다. 하지만 어떡한담? 소년들은 생각하고 또 생각했고 그 '해답'이 매일 밤 자신들 사이에서 자고 있다는 사실을 깨달았다.

그 유명한 마니악 머기가 그들의 집에 나타난 뒤부터 러셀과 파이퍼 역시 유명해졌다. 언제나 아이들이 몰려들어서 질문을 퍼부어 댔다. 그는 어때? 뭐라고 말해? 뭘 해? 정말로 핀스터월드 씨 현관 앞 계단에 앉았대? 정말로 그렇게 빨라?

아이들은 그들에게 매듭을 갖고 오기 시작했다—운동화 끈, 요요 줄, 장난감 등. 그리고 "마니악에게 이것 좀 풀어 달라고 부탁해 줘, 응?" 하는 것이었다. 진짜 어린 꼬마들은 그를 '마니악 씨'라고 불렀다.

맥냅 형제들은 그것들을 날름 먹어치웠다. 거리에서, 운동장에서, 학교에서. 피자가 아니라 그 관심이야말로 그들이 매일 학교에 가는 것을 견디는 진짜 이유였다. 그들은 전에 느껴 보지 못한 뭔가를 느끼기 시작했다. 중요한 사람이 된 느낌.

중요한 사람이라니, 얼마나 멋진 일인지. 이 기분은 아침에 일어나는 순간을 기다리게 하고, 농구공처럼 그들을 들어 올려서 통통 튀게 해주었다. 게다가 억지로 만들어 낸 상황도 아니었다! 그들은 즐겼다. 더 많이 가질수록, 더 많이 욕심났다.

그래서 마니악이 다음번에 학교 가는 대가로 피자를 사주려고 하자, 러셀은 "싫어"라고 대답했다.

"싫다고?"

이런 날이 올까 봐 겁내고 있던 마니악은 따라 말했다.

"싫어?"

러셀이 말했다.

"다른 걸로 해줘."

"아."

마니악이 물었다.

"어떤 거?"

그들은 말했다.

"우리를 학교에 일주일 더 보내려면, 핀스터월드 씨의 뒷마당에 들어가."

생각만으로도 몸서리쳐지는지 파이퍼가 소리쳤다.

"그리고 10분 동안 거기 있는 거야!"

"좋아."

마니악은 아무렇지도 않게 대답했다.

파이퍼는 꽥 비명을 지르며 집 밖으로 달려 나갔다.

다음 토요일 아침에 러셀, 파이퍼 그리고 마니악은 일곱 블록 정도 떨어진 핀스터월드 씨의 집으로 출발했다. 그들은 골목길을 걸었다. 길에 쭉 서서 기다리고 있던 다른 아이들도 합류했는데, 그 아이들의 눈은 금세 겁에 질리고 흥분되었다. 핀스터월드 씨 뒷마당에 도착할 때쯤, 최소한 아이들 열다섯 명이 골목길 저편의 차고 문에 기대서 매달려 있었다.

마니악은 주저하지 않았다. 그는 뒷문으로 곧장 걸어가서, 문을 열고 들어갔다. 그뿐 아니라 마당 가운데까지 쭉 걸어가서, 몸을 돌리고, 팔짱을 끼고, 미소를 지으며 "누가 시간을 재고 있지?"라고 외쳤다.

목이 바짝 타서 말하기도 힘든 러셀이 손을 들었다.

10분 동안 아이들 열다섯 명이, 그리고 아마도 우주 전체가 숨을 죽이고 있었다. 들려오는 소리는 그들의 머릿속에만 있었다. 핀스터 월드 씨 영지에 실수로 발을 디딘 모든 불쌍한 게으름뱅이들의 유령이 신음하며 울부짖는 소리.

무엇보다 엄청 놀랍게도, 러셀이 목이 막힌 소리로 "시간 다 됐어"라고 말했을 때, 마니악 머기는 아직도 거기에, 살아 있는 채로, 웃으며, 틀림없이 멀쩡하게 있었다. 훨씬 더 놀라운 사실은, 그가 밖으로 나오지 않았다는 것이다. 대신, 그는 말했다.

"이봐, 꼬마들, 거래 조건을 올리는 건 어때? 내가 여기 있는 동안 다른 뭔가를 하면, 다음 두 주 동안 학교에 가는 걸로 말이야?"

"뭐, 뭐, 뭘…… 하, 할 건데?"

러셀이 더듬거렸다.

마니악은 잠시 생각하더니 쾌활하게 말했다.

"현관문을 두드릴게."

다섯 명은 그 자리에서 벌벌 떨기 시작했다.

"안 돼! 하지 마!"

다른 몇 명은 외쳤다.

파이퍼는 발작을 일으키며 차고 문을 발로 차기 시작했다. 러셀은 녹초가 되었다.

마니악은 이 모든 것을 거래 성립의 표시로 받아들였다. 그는 뒷마당의 울타리를 뛰어올라 현관 쪽으로 걸어갔다.

다른 아이들은 골목길 끝으로 아주 멀찌감치 물러났다. 그들은 길을 건넜을 뿐 아니라 블록 절반까지 도망쳤다. 그렇게 해놓고도 몸 사이에 공간이 없는 듯, 핀스터월드 씨가 그들을 하나씩 잡아떼기라도 하듯, 서로 찰싹 달라붙었다.

그들은 서로 매달리고 몸을 떨며 마니악 머기가 겪을 최후의 순간을 목격하려고 했다. 그들은 그가 붉은 벽돌로 된 3층짜리 집, 녹색의 차양이 달린 집 앞에 똑바로 서는 모습을 보았다. 그들은 그가 죽음의 입구인 하얀 현관문을 향해 시멘트 계단 세 개를 올라가는 광경을 보았다. 그들은 그가 손을 드는 것을 보았고, 너무 멀어서 소리는 들리지 않았지만, 문을 두드리는 모습을 보았다. 열다섯 개의 심장은 그 소리 없는 두드림에 맞추어 뛰었다.

문이 열렸다. 핀스터월드 씨의 문이 열렸다. 많이는 아니었지만 목격자들에게 까맣고 가느다란 문틈이 보일 정도는 되었다. 마니악은 실 보푸라기가 진공청소기 안으로 빨려들듯 저 검은 구덩이 속으로 빨려 들어가 버릴까? 핀스터월드 씨의 길고, 뼈만 앙상한 손이 도마뱀의 혀처럼 재빨리 튀어나와서 불쌍한 마니악을 낚아채 버릴까? 마니악은 그 어두운 문틈에 대고 말을 하는 듯 했다. 목숨만 살려달라고 빌고 있는 것일까? 끝에 칼이 달린 핀스터월드 씨의 지팡이가 그의 마지막 말을 마시멜로처럼 꿰어 버릴까?

틀림없이 아니었다.

문이 닫혔다. 마니악은 계단을 쿵쿵 뛰어 내려와서 그들을 향해 웃으며 달려왔다. 세 명은 *그가 유령이라고* 단정하고 도망쳐 버렸다. 다른 아이들은 자리를 지켰다. 그들은 그를 만져야 한다는 핑계를 댔는데, 그가 아직도 마니악인지, 아직도 온기가 있는지 알아보기 위해서였다. 그들은 나중까지, 마니악이 크림펫 한 꾸러미를 게걸스레 먹어 치우는 광경을 목격할 때까지는 확신할 수 없었다.

이렇게 해서 마니악 머기의 영웅적인 업적이 시작되었다.

스무 발자국 떨어진 곳에서 그는 돌로 전봇대를 연달아 61번이나 맞혔다.

일주일에 한 번 오는 화물열차가 엘름가에 도착할 때, 그는 오리올 가의 막다른 길에서 달리기 시작해서 레일 위로, 공원까지 경주해 기차를 손쉽게 이겼다.

그는 운동화와 양말을 벗고, 모두의 기대를 저버리지 않은 채 태연히 쥐가 들끓는 레이코 힐의 기슭을 걸었다.

개울 아래 금기시되는 구멍이 있었다. 가장 소중한 물건을 떨어뜨렸어도 절대 손도 넣지 못 하는 구멍이었다. 마니악은 손을 넣고, 팔도 넣고, 팔꿈치까지 넣고 60초 동안 있는 신기록을 세웠다. 그런 뒤 더러워졌지만 아직도 손가락이 모두 달려 있는 손을 빼냈다.

그는 동물원에 있는 들소 우리의 울타리를 넘었다. 이것은 그가 스스로 제안한 모험으로, 다른 아이들은 모두 비웃었다. 그리고 어미 들소가 지켜보는 가운데 그는 새끼 들소에게 키스를 했다.

이런 식으로 그해 2월과 3월, 일주일마다 업적이 하나씩 기록되었다.

이런 소식을 접한 도시 대부분에서 전설에 전설이 덧입혀졌다. 러셀과 파이퍼에게, 이건 다른 아이들의 눈에 자신들의 중요성이 더욱 부각되는 문제였다. 마니악 머기가 이런 업적을 세우도록 방향을 잡아 준 것이 이들 형제가 아니었던가? 결국 사자와 조련사 중 더 대단한 쪽은 누구겠는가?

마니악은 사실 파이퍼와 러셀이 더 큰 영광을 누리려고 자신을 이용하고 있음을 진작부터 눈치챘다. 또한 자신이 없으면 그들이 매일 학교에 가지 않을 거라는 사실도 알았다. 맥냅 형제는 조건 없이는 학교에 가려고 하지 않았다. 학교 가는 대신 그 대가로 뭔가를 받아야 했다. 매주 마니악이 그 대가를 지불했다(게다가, 그는 두 아이가 꾸며 내 들이대는 도전에 응하는 것이 몹시 즐거웠다).

그러던 어느 날, 그들은 세상에서 가장 위험천만한 도전을 해왔다. 이스트엔드로 들어가라는 도전이었다.

---

* 고무줄놀이 노래에서 왜 '들소'가 '황소'가 되었는지는 아무도 모른다. 가끔 역사는 잘못 기록된다.

38

목격자들—이번에는 열다섯 명이 두 배로 늘었다—은 헥터가 근처까지만 함께 갔다. 그들은 길턱에 멈췄다. 마니악은 길을 건너 혼자서 계속 걸었다.

파이퍼는 확성기에 대고 소리쳤다.

"형! 돌아와! 농담이었어! 안 가도 돼!"

마니악은 손을 흔들며 계속 걸어갈 뿐이었다.

이 이스트엔드 사람들, 흑인이라고 불리는 이 사람들을 무서워해야 한다는 건 알고 있었다. 하지만 무섭지 않았다. 마니악이 두려워하는 건 자기 자신, 그리고 자신이 거기 있는 탓에 일어날지도 모르는 소동뿐이었다.

벌레들이 가장 날뛰는 날이었다. 날씨가 따뜻해지고, 밤비가 내린 다음 날인 4월 1일, 집밖으로 뛰어나온 아이들은 벌레의 세상과 마주쳤다. 벌레들은 웨스트엔드만큼이나 이스트엔드에도 많았다. 보도와 거리 곳곳에, 원래 있어야 할 장소가 아닌 곳에. 콘크리트와 아스팔트 위에서 고독하고, 버림받은 채로, 몸을 숨길 장소도 없이, 벌레들은 4월의 고아가 된다. 옛날 홀리데이스버그에서 어린 시절을 보낼 때, 마니악은 장난감 외바퀴 손수레를 끌고 가서 빌려온 부엌 포크로 손수레가 가득 찰 때까지 벌레를 조심스럽게 떠올린 다음, 스네블리 씨의 퇴비 더미에 묻어 준 적이 있었다.

벌레들이 비를 따라 나온 것처럼, 아이들은 벌레를 따라 나왔다. 웨스트엔드―물론 이스트엔드에서도―아이들은 집에서 시원하고 습기 찬 길로 쏟아져 나왔고, 벌레가 눈에 띄기라도 하면 짓밟아 버렸다.

그렇게 이스트엔드를 누비던 마니악은 세상에 한 종류가 아니라 두 종류의 종족이 존재한다고 느꼈다. 두 종족 모두 같은 지역에 거주하고 있지만, 각각은 다른 쪽을 전혀 생각해 주지 않았다. 한쪽은 소리 지르고 놀고 뒤쫓으며 웃었고, 다른 한쪽은 길을 잃고 말없이 수백만 명에 의해 죽어 가고 있었다……

"어이, 흰둥이!"

마니악은 멈칫했다. 거리 표지판을 흘끗 보았다. 그는 헥터가에서 네 블록 떨어진 이스트엔드 중심부에 와 있었다. 초코바 톰프슨은 몸을 흔들며 다가왔는데, 전보다 키와 몸집이 커졌지만 얼굴은 여전히 험악했다.

"야, 흰둥이. 사라져 버린 줄 알았는데."

마니악은 몸을 돌려 그를 똑바로 마주 보았다. 초코바는 마니악이 불편해질 정도까지 다가왔다. 얼굴에서 몇 센티미터밖에 떨어지지 않았다. 그들은 같은 높이에서 눈을 맞췄다. 마니악은 '나도 자란 모양이구나'라고 생각했다.

"돌아왔어."

마니악이 말했다.

초코바의 얼굴이 더 일그러졌다.

"아직 못 들은 모양인데…… 나는 전보다 더 나빠졌다. 매일 더 나빠지지. 아침에 일어나는 게 두려울 정도야."

그는 몸을 앞으로 더 숙였다.

"하룻밤 사이에 얼마나 더 나빠졌는지 나도 모르거든."

마니악은 웃으며, 고개를 끄덕였다.

"그래. 넌 나빠, 초코바."

마니악은 코웃음을 쳤다. 약간 히죽거렸다.

"그리고 나도 몹시 나빠져서 절반은 흑인이 된 것 같아."

초코바의 눈이 튀어나왔다. 일그러진 얼굴을 펴고 뒤로 물러서더니 호탕하게 웃었다. 뒤에 몰려 있던 친구들은 말없이 지켜보았다.

발작적인 웃음을 멈추면서, 그는 마니악을 위아래로 살폈다. 마니악 역시 자신을 살피고 있는 것을 알았다. 다시 말할 수 있게 되자, 초코바가 말했다.

"아직도 누더기를 걸치고 있군 그래, 흰둥이?"

그러더니 다리 한쪽을 올렸다.

"이걸 보고 있었군. 내 운동화 맘에 드니? 가져가 봐."

마니악은 고개를 끄덕였다.

"와, 멋진데."

운동화는 멋진 정도가 아니었다. 아름다웠다. 지금까지 본 것 중 가장 멋진, 아니 가장 나쁜 운동화였다. 세상 무엇보다 멋졌다. 그레이슨 할아버지가 있었다면 사줬을 텐데.

"할 말이 있었는데 깜빡했다, 흰둥아."

"뭔데?"

"난 빨라. 그러니까 더 빨라졌다고. 운동을 좀 했지. 새 운동화 님과 말이야."

그는 제자리에서 전력질주를 했는데, 위아래로 흔들리는 팔다리는 눈에 보이지 않을 정도였다. 그는 멈췄다. 마니악의 코를 손가락으로 쿡 찌르고, 말랑말랑한 코끝을 납작하게 만들며 눌렀다.

"그래, 네 말이 맞는 것 같군. 이제 최소한 네 코는 흑인 코야."

그는 웃었다. 둘 다 웃었다. 모두 웃었다. 그러다가 초코바는 다시 험상궂은 얼굴을 하며 말했다.

"하지만 넌 이 초코바 톰프슨 님을 이길 만큼 검지도 나쁘지도 않아. 달리기 시합을 해보자, 얼간이 흰둥아."

시합은 애슈와 잭슨 사이에 있는 플럼가의 길고 평평한 블록에서 이뤄졌다. 둘이 준비를 마쳤을 무렵, 가장 어린아이부터 고등학생에 이르기까지 이스트엔드에 있는 아이들 절반이 모였다. 꼬마들은 길 턱에서 길턱까지 자기들끼리 달리기 시합을 했다. 더 큰 아이들은 라디오를 어깨에 멘 채 누가 이길지 내기를 하려고 청바지를 뒤적였다. 작년 가을 이후 처음으로 엄마들은 창문을 열고 2층에 기대서 밖을 내다보았다. 블록의 양 끝에서 차들은 길을 돌아갔다.

아무도 결승선을 찾아내지 못해서, 2층에서 내다보던 한 아주머니가 밝은 분홍 실이 감긴 실패를 던져 주었다. 다른 문제는 출발선이었다. 처음에 그들은 출발선을 그릴 분필을 발견했다. 분필로 그리니 아무도 똑바로 그릴 수 없었다. 결국 길거리에는 삐뚤게 그어진 선이 몇 개나 되었다. 마침내 누군가 긴 자를 가져왔고, 그걸 대고 똑바로 선을 그릴 수 있었다.

다음 문제는 출발 신호원이자 초코바의 절친한 친구 범프 길리엄이 "준비!" 하고 외쳤을 때 발생했다. 군중 속의 누군가가 "그렇게 말하는 거 아니야! '제자리에' 하고 말하는 거야!"라고 외쳤다.

그러자 다들 그 문제로 흥분했다. 시합을 시작하는 적당한 말이 무엇이냐를 두고 난폭하게 밀고 지껄이다가 주먹다짐이 일어날 지경이었다. 마침내 타협이 이뤄졌고, 범프는 "제자리에, 준비!" 하고 외쳤다. 순간 누군가 "힘내, 초코바!" 하고 소리쳤고, 범프는 고개를 돌리며 "닥쳐! 신호원이 말을 시작하면, 모두 조용히 해야 해!" 하고 으르렁거렸다. 그러자 자연스럽게 다른 누군가가 "없애 버려, 초코바!"

라고 외쳤고, 그 다음에는 "끝내 버려, 초코바!" 그리고 "짓밟아 버려, 초코바 톰프슨!" 하고 누군가가 외쳤다. 이런 목소리들과 구별되는 하나의 목소리가 들려오지 않았다면 이런 식으로 온종일 아우성만 있었을 것이다. 그건 바로 "달려, 머기!"라는 외침이었다. 큰손 제임스의 목소리로, 그는 자동차 지붕에 앉아 웃으며 손을 흔들었다.

범프는 조용해진 막간을 틈타 소리쳤다.

"준비!…… 출발!"

그리고 드디어 출발선에서 기다리고 기다린 끝에 그들은 출발했다.

경기가 시작되었어도, 아니 시작한 뒤에도 마니악은 어떻게 해야 할지 결심을 할 수 없었다. 당연히 그는 이기거나, 최소한 최선을 다하고 싶었다. 그의 모든 본능은 그렇게 말하고 있었다. 그러나 다른 고민거리가 있었다. 그가 경주하는 상대가 누구인지, 여기가 어디인지 그리고 이겼을 때 어떤 결과가 생길 것인지.

이것들은 어려운 고민이었고, 그의 속도를 늦출 만큼 무거웠다. 그의 타고난 피가 끓어올라 연소장치에 불을 붙이기 전까지는. "달려, 머기!" 하는 말이 나오기도 전에, 그는 초코바를 제쳤고 위아래로 펄럭이는 분홍색 실이 눈에 들어왔다. 그러나 그는 자기 몸이 결승선인 실을 통과한 것을 보지 못했다. 그저 초코바의 긴장된, 헐떡이는, 믿기지 않는, 패배한 얼굴만 보일 뿐이었다.

그들은 미쳐 날뛰었다. 사나웠다. 완전히 분노에 휩싸였다.

"봤어? 몸을 돌렸어!"

"뒤로 뛰었어!"

"진짜 뒤로 뛰었다고!"

"뒤로 뛰어서 이겼다고!"

초코바는 게거품을 물었다. 그는 범프를 거칠게 떠밀었다.

"너무 빨리 시작했잖아! 난 준비도 안 됐는데!"

그는 실을 잡고 있는 아이들을 떠밀었다.

"네 녀석들이 실을 움직여서 저 놈이 이겼잖아! 저 녀석의 환심을 사려고!"

그는 마니악을 떠밀었다.

"나한테 부딪혔지! 시작할 때 속였어! 속임수를 썼어!"

하지만 그의 항의는 아수라장 속에서 묻혀버렸다.

내가 왜 그랬을까? 마니악은 이 생각뿐이었다. 결승점을 통과할 때까지도 그 사실을 깨닫지 못했고, 즉시 후회했다. 그냥 이기는 것으로 충분하지 않았을까? 경쟁자에게 치욕을 안겨 줄 필요가 있었을까? 초코바가 부린 심술에 앙갚음하려고 일부러 그렇게 한 걸까? 그에게 실력을 보여 주고 영원히 입을 닥치게 하려고? 마니악의 머릿속에는 기쁨에 가득 차 천진난만하게 즐거워하던 자신의 모습이 보였다. 베다니 교회에서 "아-멘!" 하고 외치던, 존 맥냅의 강속구를 재빠르게 강타하던, 그레이슨과 함께 폴카를 추던 모습.

단순한 문제였다. 수달이 왜 진흙 강둑에서 미끄럼을 타느냐고 물어볼 필요가 있을까? 그것은 절대 어리석거나 더러운 행동이 아니었다. 초코바의 눈에 담긴 증오는 더 이상 이스트엔드를 침범한 모든 백인 아이를 향한 것이 아니었다. 그것은 오직 제프리 머기만을 향했다.

마니악이 서쪽으로 방향을 정하자 군중은 파도처럼 그를 에워쌌다. 마니악이 이겨서 그들이 기쁜지 아닌지는 확실하지 않았지만, 그들은 야단법석을 떨 엄청난 사건을 본 셈이다. 그들은 서로 밀치고 거리를 메우고 하이파이브를 하고 몸을 흔들었다. 모두 마니악을 '하얀 번개'라고 불렀고, 두 사람이 시합을 하자고 도전하며 "바로 여기야, 친구. 너하고 나하고 누가 누구의 등판을 보게 될지 해보자고" 하고 말했다.

마니악은 당황한 채, 계속 움직일 뿐이었다. 잠시 쉬었다가 웨스트엔드로 달려가고 싶은 생각도 들었고, 아만다의 집에 머리를 처박고 그곳에 피신해 있으면서 아만다의 가족들이 당할 보복을 두려워하지 않았으면 좋겠다는 생각도 들었다. 바로 그때, 기적처럼 작은 손 두 개가 그의 손을 잡았다. 친숙한 두 목소리가 "마니악! 마니악!" 하고 소리쳤다. 헤스터와 레스터였다! 그는 한 팔에 한 명씩 그 아이들을 번쩍 안아 올렸다. 그는 시카모어가에 있었다. 집과 활짝 열린 문. 아만다와 아만다의 엄마가 환히 웃으며 서 있었다.

39

밤이 되자 3월이 되돌아와서 4월의 목덜미를 붙잡아 1, 2주 전으로 내동댕이쳤다. 새벽에 마니악이 집 밖으로 조용히 빠져나왔을 때—도망치는 건 이 방법밖에 없었다—3월이 차갑고 험악한 발로 덤벼들었다. 그러나 상관없었다. 재회는 황홀했고 눈물이 가득했고 행복의 연속이었고, 마니악의 마음은 8월 그 자체였다. 시카모어가에서 반 블록 정도 가서야 그는 발끝으로 걷는 걸 멈추었다. 몇 분 뒤 그는 헥터가를 건넜다. 거리는 건조했다. 벌레의 잔해가 이따금씩 부서져 조각조각 널려 있을 뿐이었다.

한 시간 뒤, 러셀과 파이퍼는 세 블록 떨어진 곳에서 마니악을 발견했다.

"형! 살아 있었구나!"

"잡혀간 줄 알았어! 그들이 칼로 형의 목을 그어 버린 줄 알았어!"

"목 졸라 죽이고 혀를 뽑아 버린 줄 알았단 말이야!"

"머리를 베고, 그리고…… 그리고……."

"삶아 버린 줄 알았어!"

"그래, 삶아 버린 줄 알았어!"

"그리고 형의 피를 마시고 말이야!"

"그래!"

"그리고 형의 뇌도 마셔 버리고!"

"뇌는 마시는 게 아니야. 이 바보 천치야!"

"아니야, 마셔. 뇌는 밀크셰이크 같단 말이야. 아이스크림처럼 말이야. 빨대로 빨아먹을 수 있어. 머리를 열심히 흔들면, 출렁거리는 소리도 들려. 들어 봐!"

"야, 내 머리 놔! 야! 살려 줘!"

그들은 저만치 달려갔다.

마니악은 웃음을 참을 수 없었다. 이스트엔드 사람들에게 심술궂고 우스꽝스러운 표현을 쓰기는 했지만, 아이들의 눈에 나타난 염려와 눈물은 진짜였다. 그들은 정말로 마니악을 그리워했다. 정말로 마니악을 걱정했다.

두 집 건너에서 쿵쿵 소리가 들렸다. 진동이 느껴질 정도였다. 존의 아버지의 목소리도 들렸다.

"살살 내려 놔, 응. 살살!"

다음은 존의 목소리였다.

"이 정도면 되죠?"

쿵! 그다음에 들려온 존의 아버지의 욕설은 추운 아침을 달걀 요리처럼 볶아 버렸다.

거실은 먼지로 자욱했다. 식당 뒤쪽에서 존의 아버지와 존과 코브라들이 콘크리트 벽돌을 나르고 있었다. 뒷마당에서 벽돌을 무겁게 갖고 와 툴툴거리고는 바닥에 던져 놓았다. 쿵! 쿵!

"이봐, 꼬마."

존의 아버지는 안개 속에서 손짓했다.

석 달이 지났지만 그는 아직도 집에 머무는 이 아이의 이름을 몰랐다.

"이쪽으로 오라고. 이것 좀 옮겨."

마니악은 손을 흔들었다.

"나중에요. 갈 데가 있어요."

그는 문을 닫고 거리로 나섰다.

그래. 정말로 그 일을 하고 있었다. 마니악은 그들이 몇 주 동안 그 일을 계획하는 걸 들었다. 설계도를 그리고 시멘트, 흙손, 측량기 따위를 사거나 훔쳤다. 그들은 그것을 '사격진지'라고 불렀다.

그게 완성되면, 준비는 끝이다. 반란을 일으키라고 해. 이스트엔드 사람들, 그러니까 '반란자'들더러 쳐들어오라고 해. 창문에 댄 합판 위에 새로 설치한 판자를 부수라고 해. 강철 문을 부수고 쳐들어오라지. 그럼 놀라운 게 기다리고 있을걸. 그게 뭔지 몰라서 서로 말다툼

할걸. 사실은 플라스틱으로 만든 기관총, AK-47 소총, 바주카포인데 말이야.

"왜 그래?"

마니악은 어느 날 거인 존에게 물었다.

"뭐가 왜야?"

"왜 이런 일을 하는 거야?"

"준비하려고 그러지, 딴게 있어?"

"그럼, 무슨 일이 일어날 것 같은데?"

"무슨 일이 일어나느냐고?"

존은 부엌 탁자에서 줄지어 있는 바퀴벌레를 찰싹 때리고는 앉았다.

"무슨 일인가 하면, 저들이 반란을 일으키는 거지."

"누가 그래?"

"무슨 상관이야? 저들이 미리 공표라도 할 것 같니?"

마니악은 아만다와 헤스터와 레스터와 바우와우가 바리케이드로 돌진하는 모습을 그려 보려 애썼다.

"이 모든 일이 언제 일어날 것 같아?"

존은 어깨를 으쓱했다.

"모르지. 이번 여름일 수도 있고."

그는 벌떡 일어나 냉장고에서 맥주를 그러쥐고 뚜껑을 뺑 튀겼다.

"놈들은 여름에 반란을 일으키고 싶어 하거든. 몸이 근질근질해지니까. 놈들은 도시를 침략하고 싶어 해. 이번엔 우리도 준비할 거야."

그리고 마니악에게 자신이 종종 침대에 누워 상상하는 광경을 말해 주었다. 어느 뜨거운 여름밤, 흑인들이 헥터가를 휩쓸어 버린다. 횃불, 사슬, 칼, 총, 전쟁의 함성. 습격, 약탈, 웨스트엔드 침략. 깨진 창문과 문을 타고 넘어서 백인을 찾는, 백인의 피에 굶주린 그들. 옛날의 인디언처럼, 습격한 인디언처럼…….

"그게 저들의 모습이야."

존은 생각에 잠겨 고개를 끄덕였다.

"오늘날의 인디언이지."

소름 끼친 건 바지를 타고 오르는 바퀴벌레 때문만이 아니었다. 마니악은 바퀴벌레를 털어 버렸다. 그는 가능한 넓은 공간에 있으려고 부엌 가운데로 걸음을 옮겼다.

"하지만 다른 사람들은."

마니악은 말했다.

"다른 사람들이 반란에 대해서 말하는 걸 들어 본 적 없어. 아무도 사격진지 같은 건 만들려고 하지 않아."

존은 맥주병을 기울여 남은 맥주를 입에 넣었다.

"우리가 하면,"

그는 껄껄 웃었다.

"다른 사람도 그렇게 할 거야."

몇 주 전의 일이었다. 이제 사격진지는 지어지는 중이고, 더 이상 뒷마당의 공상이 아니라 식당에서의 현실이 되었다. 이제 마니악이 서 있을 공간도, 깨끗하다고 생각할 공간도 없었다. 이제 그 집에는 다른 것이 있었고 그 냄새는 쓰레기와 똥보다 더 고약했다.

40

그날 마니악은 도시를 벗어나 바람에 몸을 씻으며 먼 곳까지 달렸다.

웨스트엔드로 돌아왔을 때 멀리서 피크웰 부인이 아이들에게 저녁을 먹으라고 휘파람을 부는 소리가 들려왔다. 그 휘파람을 많이 들어 왔지만, 도시에 온 첫날 이후에는 그것에 응답하지 않았었다. 이제 그날처럼 휘파람이 자신을 부르고 있다는 느낌이 들었다.

물론 이번에는 좀 달랐다. 그는 더 이상 이방인이 아니었다. 그는 피크웰 집 근처의 쓰레기 더미 사이를 맨발로 걸었던 아이, 마니악 머기였다. 마니악이 나타나자 피크웰 아이들은 환호하며 인간의 몸을 하고 나타난 전설의 주인공처럼 그를 대접했다. 피크웰 부인은 더했다. 마니악이 휘파람을 따라오지 않았다면 화를 냈을 것처럼 가족의 한 사람으로 대했다. 저녁 식사의 방문객은 마니악뿐이 아니었다. 피크웰 씨는 도움이 필요한 몹시 허기진 무일푼의 신발 장수를 데려왔다.

저녁 시간 내내 먹고 이야기하고 웃으며 마니악은 아만다 가족을 떠올리지 않을 수 없었다. 두 가족은 얼마나 비슷한지! 친절하고, 사랑이 넘친다. 이 저녁 식탁에 둘러앉은 아만다 가족의 갈색 얼굴과 시카모어가 728번지의 욕실에 들어간 피크웰 아이들의 하얀 몸뚱이를 마니악은 너무나 쉽게 그려 볼 수 있었다. 헥터가에 보이지 않는 경계를 만든 사람이 누구든지 간에 이 사람들은 절대 아니었다.

피크웰 가족과 즐거운 시간을 보낸 뒤 큰 위안을 얻고서 마니악은 존의 집으로 돌아왔다. 이스트엔드에 가보라는 도전 이후로, 러셀과 파이퍼는 학교에 갈 테니 모험을 하라고 더 이상 요구하지 않았다. 한편으로는 안심이 되었지만, 다른 한편으로는 마니악이 그들에게 끼치는 영향력은 줄어들었다.

매주 공짜 피자 한 판으로, 두 아이에게 하루 이틀 정도 학교에 가라고 몰아세울 수는 있었다. 그밖에도 그는 할 수 있는 모든 방법을 동원해서 아이들을 학교에 가게 만들었다. 쉬는 시간 동안 학교 운동장에서만 할 수 있는 구슬치기 시합을 만들었다. 헤스터와 레스터 그리고 그레이슨에게 한 것처럼 책을 읽어 주려고 했지만, 그 아이들은 바퀴벌레에게 더 관심을 쏟았다. 아이들을 도서관에 데려갔지만, 아이들의 장난에 도서관 사서가 파랗게 질려 엉엉 운 다음부터는 포기했다.

따뜻한 날씨와 함께 오월이 다가와서 마니악이 갖고 있던 작은 힘조차 날려 버렸다. 두 아이는 다시 여행을 꿈꾸기 시작했다. 뒷마당에 나무가 나타났다. 그들은 뗏목을 만들고 있었다.

"강으로 갔다가 바다로 나갈 거야."

그들은 말했다.

어느 날 마니악은 미친 듯이 울리는 자동차 경적 소리와 비명 소리를 들었다. 고개를 돌리니 오래되고 녹슬고 가스를 내뿜는 무개차가 구르고 있었다. 러셀은 운전석에서, 파이퍼는 뒷좌석에서 팔짝팔짝 뛰며 비명을 내질렀다. 마니악이 따라잡을 때쯤 자동차는 전봇대를 들이받고 부르르 떨었다.

또 어떤 날은 식료품점으로 두 아이를 끌고 가서 그들이 훔친 풍선껌 50개를 돌려주게 했다.

마니악에게는 정말 미칠 것 같은 혼란스러운 시간이었다. 아침마다 달리기를 하고 오후에는 책을 읽어야만 맥냅의 집에서 보내는 정신 나간 밤을 견딜 수 있었다. 스스로에게 왜 그냥 떠나지 않는지, 그들을 왜 버리지 않는지 물었지만, 대답은 명확하게 떠오르지 않았다. 그 집에 있고 싶다기보다 떠날 수 없다는 편이 맞았다. 잘 알 수는 없지만, 맥냅 아이들을 버리는 것은 마니악 자신의 안에 있는 뭔가를 버리는 것 같았다. 러셀과 파이퍼의 내면 깊은 곳, 유년기의 어두운 씨앗을 들여다보면 그들은 헤스터, 레스터와 똑같았다. 하지만 그들은 버릇이 없고, 햇볕에 노출된 복숭아 한 쌍처럼 밖에서부터 썩어 들어가고 있었다. 마니악이, 또는 누군가가 뭔가를 하지 않으면, 안에 있는 씨까지 곧 썩어 버릴 것이었다.

그는 자제했다. 아, 그는 아이들이 바르게 행동하도록 설득하고 격려하고 뇌물로 유혹했지, 절대로 강요하지 않았고, 명령하지 않았고, 소리 지르지 않았다. 그렇게 하는 것은 부모가 되는 것인데, 그는 그럴 준비가 되어 있지 않았다. 스스로도 누군가의 아들이 되고 싶어 못 견디는 아이가 어떻게 이 아이들에게 아버지처럼 행동할 수 있겠는가?

*　*　*

그러던 어느 날 두 아이가 너무 심한 장난을 쳤다. 그레이슨이 크리스마스 선물로 준 낡은 글러브를 갖고 놀았던 것이다. 이 정도 취급이면 당연하다는 듯, 아이들은 그것을 축구공으로 쓰면서 주거니 받거니 발로 툭툭 차고 있었다.

마니악은 폭발하고 말았다. 그는 10분 동안 펑하고 폭발했고 모든 걸 쏟아 냈다.

"이게 마지막 지푸라기였어. 이제부터는 달라질 거야. 더 이상 착한 형은 없어. 내가 '뛰어' 하고 말하면, 너희는 '얼마나 높이?' 하고 말하는 거야. 알겠어?"

그들은 알아들었다. 난생처음으로 아이들은 말이 없었다. 그날 밤 숙제를 하는 동안에도 말이 없었다. 9시 정각에 잠자리에 들 때도 말이 없었다. 다음 날 아침 학교에 갈 때도 말이 없었다.

평화는 사흘 동안 지속되었다. 사실 충격은 첫날로 충분했다. 둘째와 셋째 날은 새로운 놀이를 하는 셈으로, 말하자면 '순종'과 '착한 아이 되기' 놀이였다. 그 놀이가 호소력을 잃자 마니악은 힘을 잃었다. 앉으라고 말하면 아이들은 일어섰다. 서라고 말하면 앉았다. 학교에 가는 대신 그들은 뗏목을 만들었다. 숙제를 하는 대신 사격진지에서 전쟁놀이를 했다. 그들은 플라스틱 무기를 숨겨 둔 곳에서 꺼내 왔다. 콘크리트 벽돌로 쌓은 벽에 뚫은 두 개의 작은 사격 구멍에 자리를 잡고, 집 안에서 움직이는 사람이 누구든 날려 버렸다. 문을 통과하고 창턱을 넘어 밀려오는 가상의 '반란자'들은 말할 것도 없고.

"그만!"

마니악은 마침내 소리를 지르고 사격 구멍으로 튀어나온 두 개의 총신을 낚아챘다. 순식간에 두 개가 더 나타났다.

"그만 둬!"

마니악은 명령했다.

"형을 쏜 것도 아니잖아."

러셀은 투덜거렸다.

"우린 반란자들을 쏘는 거야. 빵-빵-빵! 펑! 한 놈 잡았다! 펑! 빵! 한 놈 더! 빵-빵!"

"그만이라고 말했어!"

마니악은 총을 잡아채서 바닥에 내던지고 발로 쾅쾅 짓밟았다. 그것들이 플라스틱 파편이 될 때까지 멈추지 않았다.

방 어딘가에서 슬금슬금 기고 있는 거북 소리 말고는 아무 소리도 들리지 않았다. 놀라서 말도 못하는 아이들의 얼굴이 사격 구멍으로 보였다.

먼저 말한 사람은 러셀이었다.

"우리 집에서 나가."

파이퍼가 콧방귀를 뀌었다.

"그래, 나가."

마니악은 위층으로 올라가서 가방을 챙기고 사라졌다.

그날 밤과 그다음 날 밤 마니악은 공원에서 잠을 잤다. 그다음 날 도서관에서 책을 읽고 있을 때 맥냅 아이들이 뛰어 들어왔다.

"아, 형."

파이퍼가 말을 꺼냈다.

"사방으로 형을 찾으러 다녔어. 내 생일 파티에 와주라. 내일 파티를 열 거야. 올 거지, 응? 그렇지, 응?"

마니악은 믿기지 않았다. 며칠 전의 성난 감정은 그들의 들뜬 얼굴 어디에도 남아 있지 않았다.

"제발, 형. 올 거지!"

바로 그때, 그 아이들을 빤히 쳐다보는 그때, 어떤 생각이 떠올랐다. 햇볕에 탄 피부가 벗겨지듯 그 생각은 아이들의 얼굴에서 솟아오르는 듯했다.

"음, 좋아."

마니악은 말했다.

"조건이 하나 있어."

"뭔데?"

"누군가를 데려갈 수 있다면."

"당연하지! 누구든 데려와! 파티를 할 거라고!"

도서관 사서가 경비원을 부르려고 전화기 쪽으로 몸을 조금씩 움
직였다.

41

맥냅 아이들은 마니악이 파티에 누구를 데려올지 몰랐지만, 한 가지는 확실했다. 그가 흑인 아이와 함께 현관문으로 들어올 줄은 꿈에도 몰랐다는 것!

그리고 그 정도는 차라리 대수로운 것이었다. 거들먹거리는 모양새와 입 한쪽에 엽궐련처럼 비쭉 튀어나온 초코바로 보아서, 그 아이는 초코바 톰프슨이 틀림없었다. 검은색이 나쁘다는 뜻이라면, 검은색이 도전적인 심술을 뜻한다면, 검은색이 하얀색에서 최대한 멀리 떨어졌다는 뜻이라면, 초코바 톰프슨은 검은색 중에서도 가장 검은색이었다.

그는 여기, 거실 한가운데에 섰다. 파티가 중단되었다. 이웃집 아이들, 코브라들, 심지어 존의 아버지까지도 숨이 멎은 듯 멈춰 버렸다. 초코바는 현관문, 강철 문으로 들어와 버렸다. 쓱 걸어와 버렸다. 판자를 지나서, 거기 섰다. 내가 이 거지 소굴의 주인이라는 듯이, 무슨 일이 벌어지고 있는지 그들이 깨닫기도 전에, 누군가가 뭔가를 집어 들기도 전에.

물론 이것은 마니악이 생각하던 그대로였다. 마니악은 그레이슨이 흑인들과 흑인들의 집에 대해서 얼마나 모르고 있었는지 떠올렸다. 맥냅 가족의 오해를 생각했다. 하얀 피부만 보면 덤벼드는 초코바를 생각했다. 그리고 이렇게 생각했다.

당연해. 달리 어떤 생각을 할 수 있겠어? 백인은 절대 흑인의 집에 들어가지 않아. 생각이나 느낌은 더더욱 이해 못 해. 그리고 흑인도 백인을 너무 몰라. 아만다의 집에서 5분을 보낸 다음 흑인을 증오할 수 있는 백인 아이가 있을까? 그리고 피크웰 부인의 저녁 휘파람 소리에 응답한 다음 어떤 흑인 아이가 백인을 증오할 수 있을까?

하지만 이스트엔드 사람은 동쪽에만 있었고 웨스트엔드 사람은 서쪽에만 있었으며, 서로에 대해 모르게 될수록 오해는 더욱 깊어진다.

쉽지 않았다. 초코바를 찾아내서, 달리기 시합에서 속임수를 썼다며 쏟아붓는 말을 다 참고, 몇 번 부딪치고 밀치는 것도 참았다. 초코바는 싸우자고 덤볐다. 그러나 마니악은 침착성을 잃지 않으면서, 초코바가 노려보는 눈에 맞서고, 네가 생각하는 것만큼 넌 나쁜 애가 아니라고 말해 주었다. 사실상 그를 달래다가, 그가 초코바를 땅에 내던지고 "아니야? 왜 내가 나쁘지 않다는 거야, 흰둥아? 어서 말해 봐. 내가 너를 끝장내기 전에" 하는 말을 들었다. 가슴을 맞대고 버텼다.

차분하게, 초코바가 비웃게 내버려 두었다. "간단해. 너는 헥터가를 넘어오지 않잖아. 너는 여기에만 있으니까. 안전한 곳에 말이야. 저쪽에 가도 나쁘게 굴겠어?"라고 말했다.

그런 뒤 물러서서 팔짱을 끼고 으스댔다. 하얀 피부로 거기 서서, 아무렇지도 않다는 듯 바라보았다. 흑인 구역 심장부 여섯 블록 안쪽에서. "거기 있으면 내가 너보다 너 나쁜 애일걸" 하고 빈정거렸다.

* * *

그들은 곧장 맥냅의 집으로 가지 않았다. 우선 피크웰 가족에게 갔다. 마니악은 웨스트엔드가 선사할 수 있는 최고의 것을 초코바에게 보여 주고 싶었다.

어린 피크웰 아이들은 초코바가 마니악에게 그랬듯이 야단법석을 떨었다. 그들은 웨스트엔드에 사는 꼬마가 모두 그렇듯, 초코바 톰프슨이 언제나 초코바를 백 개쯤 가지고 다닌다고 믿었다. 피크웰 부인이 저녁 먹으러 온 사람이 흑인 손님인 것을 보고도 눈 하나 깜짝하지 않은 것은 놀라운 일이 아니었다.

조용한 풍경이었다. 그랬다. 피크웰 가족 열여섯 명 더하기 마니악, 더하기 무일푼의 골프 캐디. 즉 하얀 얼굴 열여덟 명에 검은 얼굴을 한 초코바. 다행히, 초코바는 '흰둥이'라던가 '백인 놈'이라는 단어를 한 번도 쓰지 않았지만 한 사건에 대해서는 진실을 조금 왜곡

했다. 피크웰 아이 한 명이 4월에 있었던 유명한 달리기 경주에서 마니악이 뒤로 달려서 그를 이긴 게 진짜냐고 묻자 초코바는 잠시 동안 포크를 내려다보고 있다가 말했다.

"그래, 뒤로 달렸어. 하지만 잘못 알고 있는 게 있어. 진 사람은 내가 아니야. 내 형, 밀키웨이였어."

그 말에 어른들이 왜 5분 동안이나 웃어 댔는지 어린아이들은 절대 이해하지 못했다.

초코바는 저녁 식사 내내 표정이 굳어 있었다. 하지만 저녁 식사가 거의 끝날 때쯤, 막내 피크웰인 돌리가 그를 '초코바 씨'라고 불렀을 때에는 표정이 다소 누그러졌다. 그때조차도 미소라기보다는 날카로운 눈빛이 살짝 번쩍였다.

초코바는 내색하지 않아도 마니악은 눈치챌 수 있었다. 초코바는 자신의 명성이 웨스트엔드까지 퍼졌다는 사실에 흐뭇해하고 있었다. 그들이 떠날 때, 피크웰 아이들 절반이 따라 나와서 초코바에게 교통을 정체시키는 그의 전설적인 업적을 직접 보여 달라고 애걸했다.

"하지 마."

마니악이 주의를 주었다.

"여기에서는 효과 없을 거야."

하지만 피크웰 아이들은 졸라 댔고, 마셜가에 이르자 초코바는 "여기 있어 봐" 하고 명령한 뒤 거리로 내려섰다.

그는 자신만의 멋진 걸음걸이로 휘청휘청 걸어가서 허풍을 떨고 엉덩이를 씰룩거렸을 뿐 아니라, 이스트엔드에서는 해본 적이 없는 일을 했다. 그는 완벽하고도 정확하게 길 가운데까지 가더니 악의를 잔뜩 담은 눈으로 나머지를 해냈다. 꼬박 1분을 그렇게 서 있었다. 마침내 길 건너편으로 움직일 때까지 전설은 지속되었다. 자동차 스물세 대, 자전거 여러 대 그리고 버스 한 대가 양방향에서 완전히 멈춰버렸다. 마니악이 서둘러 길을 건너는 동안 피크웰 아이들은 길턱에 서서 환호성을 지르며 잘 가라고 손을 흔들었다.

그러나 맥냅의 요새에서는 누구도 환호하지 않았다. 마니악은 톰 프슨이 거들먹거리고 험상궂은 얼굴로 초코바를 물고 있기는 하지만, 힘든 상황에 처했다는 걸 깨달았다.

42

처음 입을 연 사람은 존의 아버지였다. 그는 집 안에 있는 유일한 새 가구인 안락의자에 몸을 뻗고 앉아 있었다. 존의 아버지는 말했다.

　"쟤는 여기서 뭘 하는 거냐?"

　이어진 어색한 침묵을 고맙게도 파이퍼가 깼다. 그는 마니악의 팔에 매달렸다.

　"생일 선물은 어디 있어? 뭘 줄 거야?"

　마니악은 주머니에서 선물을 꺼냈다. 파이퍼는 소리쳤다.

　"시계다!"

　"아니야."

　마니악은 말했다.

　"나침반이야. 네가 가는 방향을 알려 줄 거야."

　"바다로 나갈 때?"

　러셀이 물었다.

"바다든 멕시코든 세상 어느 곳이든. 한 가지만 약속해."

"뭔데?"

마니악은 파이퍼의 손에서 나침반을 가져갔다.

"학교 끝날 때까지는 내가 갖고 있을 거야. 매일 학교에 가면—너희 둘 다 말이야—되돌려 줄게. 이게 있으면 세상을 여행할 수 있어."

"우리가 만든 뗏목을 타고!"

파이퍼가 환호했다.

"됐지?"

파이퍼와 러셀과 마니악은 하이파이브를 세 번 했다.

"됐어!"

존의 아버지는 안락의자에서 몸을 일으키고 부엌으로 신발을 질질 끌며 갔다. 그는 맨발에다 뒤가 뚫린 슬리퍼를 신고 있었다. 발목은 더러웠다. 그는 냉장고에서 맥주 캔을 꺼내고 계단 쪽으로 갔다.

"저게 나가면 알려 줘."

그는 말하고 위층으로 갔다.

마니악은 초코바 주변에 전압이 높아지고 그의 눈동자 속에 까만 번개가 번쩍이는 것을 느꼈다. 마니악은 얼른 손뼉을 쳤다.

"자, 지금 파티 하는 거 아니냐? 뭘 하고 놀지?"

그래서 그들은 놀았다. 바보 같이, 주로 소리 지르고 비명을 지르는 놀이였다. 초코바는 그들 속으로 끌려 들어가도 입을 꾹 다물었고 눈은 천장에 입을 딱 벌린 구멍 쪽으로 움직였다. 그리고 벽에 몸을 기대고 앉아서 맥주를 홀짝이며 자신의 움직임 하나하나를 주시하고 있는 코브라들을 보았다. 코브라들은 초코바와 마니악이 들어온 다음부터 말 한마디 하지 않았다.

물론 어린아이들에게 가장 주목을 받아야 할 대상은 생일 주인공인 파이퍼여야 했지만, 맥냅이 새로 지은 사격진지에 관심이 모였다. 그들은 그 안에 있으려고 온갖 핑계를 댔다. 좁은 사격 구멍을 차지하려고 싸웠다. 초코바가 "저게 뭐야?"라고 마니악에게 귓속말로 묻자, 마니악은 방공호라고 말했다.

그때 러셀이 외쳤다.

"반란놀이 하자! 백인은 사격진지 속에, 흑인은 밖에 있어."

다들 '와아~' 소리 질렀고, 열둘이나 되는 아이들이 사격진지로 우르르 몰려들었다. 그들은 재잘거리며 콘크리트 벽을 둘러싸고는 사격 구멍에서 고개를 내밀었다.

"나는 백인 할래!"

"나는 백인이야!"

"나도 백인!"

"너무 많이 들어왔잖아! 흑인이 있어야 한다고!"

"난 싫어!"

"나도 아니야!"

"총이 별로 없어! 총 있는 사람만 안에 있어야 돼. 너희, 나가! 너희는 흑인이야!"

"총 내놔!"

"내가 먼저 집었어!"

"야, 이 바보들아! 흑인이야말로 중요한 역할이야. 돌격하잖아."

"그렇지만 전쟁에서 지잖아."

"이봐, 흑인은 맥주 캔을 수류탄으로 쓸 수 있어. 수류탄을 던질 수 있다고!"

"그럼 네가 해!"

"좋아, 흑인 역할이 없으면 우린 안 놀 거야. 숫자 센다. 열 셀 때까지 다섯 명은 밖으로 나가. 하나……."

러셀은 숫자를 세었다. '아홉'에도 '열'에도, '열'을 센 뒤에도, 아무도 나오지 않았다. 마니악과 초코바는 말없이 총을 넣는 구멍을 쳐다보았는데, 그곳에서 아이들의 크게 뜬 눈이 차례차례 보였다.

초코바가 코웃음 치며 말한 세 단어, "그래, 방공호라 이거지"라는 말은 들릴 겨를도 없었다. 바로 그때 "얏, 간다!" 하고 외친 아이가 하늘에서 떨어져 내려 심장이 멈출 만큼 바닥을 쿵 울리며 초코바의 뒤에 떨어졌기 때문이다. 코브라 한 명이 구멍에서 뛰어내렸는데, 뚱뚱하고 빨간 머리의 코브라로, 이제는 다른 코브라들과 마찬가지로 바닥을 데굴데굴 구르며 심하게 웃었다. 머리카락과 얼굴이 잘 어울렸다.

"봤어? 펄쩍 뛰는 꼴? 그런 꼴은 처음 봤어, 처음……. 저 표정 봤어? 누가 바지 좀 검사해 봐……. 살펴보라고……. 맙소사, 오…… 오……."

뚱뚱한 빨간 머리에게서 초코바를 보호하려고 마니악은 그를 꼭 감쌌다. 웃음이 가위로 잘린 듯 뚝 그쳤다. 코브라들은 가만히 서 있었다. 존이 앞으로 어슬렁거리며 나왔다.

"왜 그러니, 애송아?"

"재미없었어, 존. 다칠 수도 있었어."

마니악이 말했다.

존은 초코바에게서 시선을 거두지 않았다.

"너한테 말하는 게 아니야, 머기. 여기 이 애송이한테 말하는 거야. 우리 파티가 맘에 들지 않니, 애송아?"

초코바는 마니악의 팔을 뿌리쳤다.

"네놈들 파티에 또 올까 봐? 걱정 안 해도 돼, 흰둥아. 그리고 내가 이 거지 소굴을 쳐들어올 거라는 걱정도 하지 마. 한 블록 밖에 떨어져 있어도 이 고약한 냄새 때문에 기절할걸."

존은 앞으로 한 걸음 나왔다.

마니악은 외쳤다.

"존! 너 나한테 빚진 거 있지. 내가 동생들을 찾아 줬잖아."

존은 한 걸음 더 나온 다음 멈췄다. 코브라들은 가만히 섰고, 마니악은 놓아달라고 발버둥치는 초코바를 꼭 껴안고, 부글부글 끓어오르는 눈동자들을 지나쳐 문으로, 그리고 길거리로 그를 끌고 갔다.

초코바는 몸을 비틀어 벗어나더니 앞장서서 쿵쿵 걸었다. 마니악이 따라갔다. 어느덧 깜깜해졌다. 저 위에서 가로등이 하나둘씩 윙윙거리며 켜졌다.

몇 블록 뒤에서 초코바가 몸을 홱 돌렸다.

"나를 바보로 만들었어. 피크웰 사람들로 나를 말랑하게 만든 다음 여기로 데려왔지. 대체 무슨 생각이야? 내가 울 것 같아? 좋아, 난 손 들었어. 그만 둬. 끝났어. 다시는 내 근처에 얼씬도 하지 마. 알아들었어, 흰둥아? 넌 내 나쁜 성질 절반도 못 봤어!"

그는 몸을 돌리고 동쪽으로 향했다. 마니악은 다른 쪽으로 걸었다.

맞는 말이었다. 도대체 무슨 생각을 했던 걸까? 뭘 기대했던 걸까? 기적? 그래. 생각해 보면 한 가지 기적쯤은 일어났을 거야. 기적을 찾는 동안 다른 기적이 슬며시 그에게 다가왔다.

그 기적은 그가 초코바를 꼭 붙잡고 코브라들의 주먹에서 끌어내고 있을 때, 그의 생명을 구하려고 애쓰고 있을 때 일어났다. 그때 초코바는 무슨 행동을 했나? 벗어나서 코브라들에게 대들려고 마니악을 뿌리쳤다. 숫자도 많고 몸무게도 더 나가지만 마음씨가 고약한 코브라들에게. 바로 그때 마니악은 느꼈다. 자존심이었다. 이 이스트엔드의 전사, 마니악의 팔 안에서 부들부들 떠는 것이 느껴졌던 이 아이는 다른 보통 아이들처럼 겁에 질렸지만 그것을 그들에게 보여 주려고 하지 않았다. 그래, 너는 역시 나빠, 초코바 톰프슨. 나쁜 것 이상이야. 너는 멋져!

마니악은 멈췄다. 그는 원을 그리며 빙빙 돌고 있었다. 어두웠다. 한쪽으로 갔다가 다른 방향으로 몸을 돌렸는데, 문득 집에 가야겠다는 생각이 들었다. 이제 집에 가야 할 시간이야. 그러자 돌아갈 집이 없다는 사실이 다시 한번 떠올랐다.

43

마니악은 그날 밤 공원에서 잤고, 그다음 2주 정도를 그렇게 했다. 어떤 때는 들소 우리에서, 다른 때는 야외 음악당 의자나 천막에서. 이제 밤은 따뜻했다. 6월이 다가오고 있었다.

그는 언제 어디서나 기회만 되면 먹었다. 사과나 당근이나 하루 지난 햄버거 빵이라도. 그리고 사슴 우리나 들소 우리만 한 곳은 없었다. '애크미'라는 가게가 새로 문을 열었고, 빵 코너에서는 판매대에다 언제나 시식용 접시를 내놓았다.

그리고 언제나 피크웰 가족이 있었다. 착각인지도 모르지만, 허기가 심해질수록, 피크웰 부인의 휘파람 소리는 더 멀리까지 와 닿는 것이었다. 어느 날은 저녁 식사 무렵이 되자 도시 어디를 가도 그 휘파람 소리가 들려왔다.

그는 도서관에서 책을 읽었다. 공원에서 불쑥 경기에 끼어들어 야구와 농구를 했다. 학교는 방학을 맞이했다. 더 많은 아이가 나왔다.

아침이 가장 좋았다. 그는 태양이나 들소가 고개를 내밀기도 전에 태양의 색을 감지하고 일어났다. 그는 이런 새벽 시간을 도시에서 자신만이 갖는 특별한 시간으로 여기게 되었다. 거리나 골목길이나 집이나 가게, 심지어 차고까지 그에게 익숙지 않은 곳은 없었다. 그의 발걸음은 스쿨킬강의 다리를 빼고는 어디에나 닿았고, 그의 눈은 급행열차가 지나가는 철교를 빼고 어디나 향했다.

그리고 사람들—대부분은 이름이나 얼굴을 몰랐지만—은 자고 있는 동안에도 마니악에게 자신이 누군지 알려 주었다. 마니악은 창문과 자동차와 현관과 밖에 남겨둔 장난감으로 그들을 알았다. 무엇보다도 뒷마당을 보고 알았다. 꽃, 잡초, 쓰레기, 개집, 나무로 만든 집, 채소밭, 고무 타이어, 듬성듬성한 잔디에서부터 해군의 머리 모양처럼 덥수룩한 잔디까지. 각 사람의 얼굴이 다르듯 뒷마당도 제각각이었다.

이스트엔드와 웨스트엔드, 흑인과 백인은 아침 자명종이 울릴 때에야 비로소 하루를 시작했다. 지금, 태양이 떠오르기 전에는 분할도 경계도 없었다. 사람들, 가족들, 도시만이 있을 뿐이었다. 그의 도시였다. 다른 사람들의 도시인 동시에 그의 도시였다.

마니악은 아만다 가족이나 피크웰 가족의 집, 아니면 존의 집에서라도 잘 수 있다는 걸 알았다. 하지만 그뿐이었다. 새로 시작되는 매일 아침 잠시 유혹을 느끼는 동안에도 그는 투밀스에 단 하나의 집도 없다고 확신했다. 그에게 어서 들어와 위층으로 올라가서 가족들과 함께 몸을 눕히라고 행복하게 환영해 주는 집이 단 하나도 없다고. 아마도 그래서 6월 중순 어느 늦은 밤 야외 음악당 의자를 떠났을 것이다. 마니악은 해밀턴가에 있는 누군가의 뒷마당으로 갔다. 마니악은 그 집 양상추가 자라는 것을 지켜보아 왔다. 조용히 문을 열고 들어가 닫은 다음, 뒤쪽 베란다에 있는 하얀 버들가지로 만든 2인용 의자에 몸을 눕혔다.

그때부터 그는 매일 밤 각각 다른 집의 뒷마당이나 뒤쪽 베란다에서 잤다. 한번은 뒷문이 열려 있는 것을 발견하고 부엌에 들어가 잠을 잤다.

44

7월 초 어느 이른 새벽. 여기저기 돌아다니다가 마니악은 자기 말고 다른 발자국 소리를 들은 것 같았다. 멈췄다. 끝없는 고요만이 대답할 뿐이었다.

그런 일이 몇 번 더 일어났다. 쭉 늘어선 집들이 만든 계곡에 자신의 발자국이 울리는 것일지도 모른다.

이틀 후, 골목길을 지나는데 뭔가가 저쪽 끝에서 움직인 듯했다. 즉시 큰길로 몸을 돌렸는데, 보이지는 않았지만 두 블록 떨어진 모퉁이를 뭔가가 휙 지나가는 느낌이 들었다.

하루 이틀 정도 이상한 느낌이 더 지속되자, 마니악은 혼자가 아니라는 걸 깨달았다.

그래서 며칠이 지난 아침, 모퉁이를 돌다가 이른 아침의 또 다른 방랑자와 맞닥뜨렸을 때 마니악은 전혀 놀라지 않았다. 놀라운 것은 방랑자의 정체였다. 다름 아닌 초코바 톰프슨이었다.

두 사람은 재빨리 뒷걸음질치고 각각 다른 방향으로 가버렸다. 둘 다 멈추지 않았다. 둘 다 한마디도 하지 않았다.

그때부터 마주침이 계속되었다. 교차로에서, 골목에서……. 한 사람이 다른 사람을 향해 가고 있다는 것을 몰랐다. 가끔 그들은 같은 길을 한 블록만 떨어져 달리고 있음을 깨달았다. 어느 때는, 같은 길을 같은 시간에 같은 방향으로 뛰었지만, 위치는 각각 길의 양쪽 끝이었다.

그러던 어느 날, 드디어 둘은 동시에 어떤 모퉁이를 돌았고 같은 방향으로 향했다. 나란히. 아직 어느 쪽도 입을 열지 않았다. 눈도 마주치지 않았다. 그들은 한 블록을 말없이 뛰고는 방향을 바꿨다.

다음번에 둘이 함께 발을 맞춰 뛸 때 그들은 그런 식으로 두 블록을, 다음에는 세 블록 그리고 그 이상을 뛰었다. 말도 없고, 쳐다보지도 않고, 그저 보도를 딱딱거리는 운동화 밑창 소리와 둘이 내쉬는 숨소리가 이중창으로 들릴 뿐이었다. 한 걸음씩, 어깨에 어깨를 나란히 하고서, 숨을 번갈아 내뱉으며, 모든 면에서 맞춰질 때까지 뛰던 두 사람은 결국 하나가 되었다.

다음 날, 그다음 날 아침에도 이런 일이 계속되었다. 둘은 교차로에서 맞닥뜨리고는, 구령에 맞춘 듯 발걸음을 함께하고서 거리를 누볐다. 서로의 얼굴은 다른 쪽을 전혀 신경 쓰지 않는 것처럼 보였지만, 사실 그들은 1분마다 서로에게 민감하게 반응했다. 초코바가 엔진을 한 단계 더 가속하면, 마니악은 한 걸음 만에 따라잡았다. 마니악이 몇 센티미터 앞서가면, 초코바도 곧 그 자리로 왔다. 한 사람이 오른쪽이나 왼쪽으로 방향을 바꾸면, 다른 사람은 그림자처럼 따라 했다. 어느 날은 한 쪽이 인도자였고, 다음 날은 다른 쪽이 인도자가 되었다.

어느 날은 초코바가 마니악을 강과 기찻길 쪽으로, 대형 무개화차를 지나, 석탄 더미가 솟아 있는, 자기 아버지가 일하는 제분소까지 인도했다. 다른 날에는 마니악이 북쪽 읍내와 서쪽에 있는 농장으로 이끌었다. 그곳에서는 이슬이 거미줄에서 반짝거렸고, 주변의 상쾌한 바람은 옥수수들을 흔들어 마치 손뼉 치며 "아멘" 또 "아-멘" 하는 소리를 내게 하는 것 같았다.

사람들이 일터로 가기 위해 집을 나설 무렵, 새벽을 깨우는 이 소년들은 그제야 헤어졌다. 초코바는 이스트엔드로, 마니악은 마음 내키는 곳으로.

일주일이 지났다. 한 주가 더 지났다. 아침마다, 발걸음을 내딛을 때마다, 숨을 쉴 때마다, 말은 없었다. 쳐다보지도 않았다. 각각은 자신이 가는 곳이면 다른 쪽이 으레 나타날 것이라고 믿었다.

어느 날 그들이 메인가를 달리며 그랜드 영화관을 지나갈 때였다. 파이퍼가 텅 빈 거리 한복판으로 비명을 지르며 뛰어나왔다. 휘둥그레진 눈으로 울며 흠뻑 젖어 있었다. 발은 석탄처럼 까만 진흙투성이였다. 파이퍼는 두 사람을 보자 소리를 꽥 지르고 알아들을 수 없는 말을 지껄였는데, 전혀 앞뒤가 안 맞았다. 두 사람은 미친 듯이 뛰어가는 파이퍼를 따라갔다.

파이퍼는 그들을 메인가와 스웨드가가 만나는 모퉁이로, 보도 위로 높이 있는 급행열차 정거장의 승강장 쪽으로 이끌었다. 그리고는 갑자기 정거장 건물로 뛰어들어 계단을 올랐다. 마니악과 초코바는 곧 승강장에 닿았고 숨을 헐떡이며 파이퍼가 손가락으로 가리키는 철도 쪽을 보았다. 그 광경을 보자 파이퍼의 알아들을 수 없었던 소리가 뭐였는지 이제야 이해되었다.

원래 두 아이는 폭탄 던지기 놀이를 하고 있었다. 파이퍼의 역할은 뗏목을 타고 강으로 나가는 것이었다. 러셀의 역할은 강 위를 가로지르는 기차가 지나가는 철교에서 기다리고 있다가, 파이퍼가 아래를 지나갈 때, 바구니에 가득 담긴 돌덩이를 폭탄처럼 던지는 것이었다.

모든 것이 계획대로 진행되었다. 러셀이 뗏목을 가라앉히는 데 실패하고, 파이퍼가 그것을 뭍으로 끌어올리려고 하다가 거의 익사할 뻔했다는 사실을 빼면. 그리고 파이퍼가 정거장으로 돌아와서 아직도 러셀이 철교에 있는 것을 발견할 때까지는. 폭탄을 투하할 목표물이 아래에서 사라지자, 러셀은 갑자기 자신이 얼마나 높은 곳에 올라왔는지 깨달았음에 틀림없었다. 한 발만 잘못 디뎌도 그는 침목 사이로 미끄러져 강 속으로 빠질 터였다.

그래서 지금 러셀은 물 위로 높이 솟은 철교 중간에 앉아 공포에 얼어붙은 채 심하게 떨고 있었다. 붙잡을 난간도 없이, 파이퍼의 울음소리나 급행열차가 저 멀리에서 모습을 나타내도 몸을 움직이지 못했다. 열차는 철교 위, 6미터가량 떨어진 곳에서 느릿느릿 다가오며 경적을 울려 댔다.

파이퍼는 마니악을 잡아당겼다.

"형을 살려 줘! 제발!"

초코바는 마니악을 쳐다보고는 더욱 놀랐다. 마니악의 커다래진 눈은 깜빡이지도 않고 철교에 고정되었지만, 거기 뭐가 있는지 알지 못하는 모양이었다. 파이퍼가 간절히 애원하는 소리도 들리지 않는 듯했다. 흠뻑 젖은, 발이 진흙투성이인 아이가 그를 움켜잡는데도 마니악은 말없이 몸을 돌려 승강장을 떠나 아래층으로 내려갔다. 곧 그는 아래쪽 보도에 모습을 드러냈다. 그는 메인가를 지나 스웨드가 쪽으로 천천히 걸었고, 파이퍼는 승강장 끝에서 그에게 비명을 질러 댔다.

45

"머기…… 머기……."

처음에는 들소가 자기를 부르고 있다는 생각이 들었다. 이어서 든 생각은 '관리인일 거야. 나를 발견해서 내쫓으려는 거구나'였다.

마니악은 팔을 짚고, 귀에서 지푸라기를 떼어 귀를 더 크게 열었다.

"머기…… 머기!"

초코바였다.

철교에서의 일이 있고 난 뒤 두 번째 날 밤이었다. 마니악은 들소 우리에서 자고 있었다.

그는 일어났다.

"머기!"

"어디야?"

"여기. 이쪽."

그는 들소 발굽이 찍힌 땅을 더듬어 목소리 쪽으로 향했다. 보름달이 떴다. 어둠 속에서 울타리에 기댄 초코바의 형체가 어렴풋이 보였다. 그리고 눈이 보였다.

"여기서 뭐 하는 거야?"

"널 찾고 있었어. 여기서 지낸단 말을 들었어."

"어디서 들었는데?"

"아만다. 정말 여기서 자는 거니, 너?"

"무슨 말을 듣고 싶은 거니?"

"들소는 어디 있어? 안 보여."

"자고 있지. 사람처럼 들소도 자야 돼. 밤늦은 이 시간에 여기서 뭐 해?"

"몰래 나왔어. 부모님이야 일어나서 내가 안 보이면, 평소처럼 달리기하러 나간 줄 알겠지. 여기 있는 게 안 무서워?"

"응."

둘 다 말이 없었다. 귀뚜라미 소리와 반딧불이만 밤을 지키고 있었다.

"머기야?"

"왜?"

"물어 볼 게 있어."

"물어 봐."

"왜…… 왜 그 애를 구하러 가지 않고 도망쳤어?"

마니악은 대답하지 않았다.

"야, 겁나서 그런 거 아니잖아. 난 알아. 그래서 묻는 거야."

마니악의 목소리가 가늘어졌다.

"그 앤 괜찮아?"

"내가 먼저 물었잖아."

마니악은 길게 숨을 내쉬었다.

"들어올래?"

초코바는 웃음을 터뜨렸다.

"장난하니? 나보고 들소 먹이가 되라고?"

"들소는 사람을 먹지 않아."

"네가 나와, 짜식."

마니악은 울타리를 올랐다. 걷기 시작했다. 초코바도 같이 걸었다. 마니악은 부모님이 돌아가신 이야기를 해주었다. 철교를 볼 때마다 미치도록 괴롭고, 그동안 어떻게 피해 다녔는지도 말해 주었다.

"그런데 그때, 갑자기 내가 거기 승강장에 서 있는 거야. 전보다 더 가까이에서 철교를 보면서, 같은 눈높이로 말이야. 나는 항상 그걸 아래에서만 봤었거든. 근데 나도 거기 올라가서 부모님이 있었던 그 높이에서 아래를 내려다보니까 몸이 완전히 마비되는 거야. 그 뒤 악몽이 훨씬 더 심해졌어. 기차가 다가오는 게 보였어. 엄마와 아빠가…… 추락하는 모습이…… 보였어……."

둘은 금독수리가 있는 탑 모양의 새장을 지나 말없이 걸었다.

초코바는 침을 삼켰다. 목소리가 거칠었다.

"난, 네가 무서워서 그런 게 아닐 줄 알았어."

마니악은 코를 훌쩍거렸다.

"기억이 전혀 안 나. 기억나는 건 내가 스웨드가에 있었다는 사실이야."

"혼자서 이스트엔드로 쳐들어오는 녀석이, 내 얼굴을 감히 똑바로 쳐다보는 자식이……."

초코바는 사슴 우리 울타리를 막대기로 찰싹찰싹 때렸다.

"정말 네가 겁나서 그런 게 아닌 줄 알았어."

"그래서,"

마니악이 말했다.

"어떻게 됐어?"

초코바는 웃음을 터뜨리며 머리를 흔들었다.

"어떻게 됐냐고? 맙소사, 아직도 믿기지 않아."

그는 울타리를 찰싹찰싹 때렸다.

"그 꼬마 흰둥이가 울음범벅이 된 얼굴로 나를 보면서 말하는 거야. '가서 형을 구해 줄 수 있어요?' 나는 어리둥절해서 주변에 나 말고 딴 사람이 있는 줄 알고 둘러보았어. '지금 누구한테 말하는 거야? 나?' 하며 그 녀석을 잡아당겼는데, 모르더라고. 무슨 말인지 알겠어?"

마니악은 고개를 끄덕였고, 그때 어둠 속에서 괴상한 소리가 들려왔다.

초코바는 펄쩍 뛰었다.

"뭐야?"

"에뮤."

마니악은 말했다.

"저기야."

가장 가까운 울타리 뒤에서, 높이 뻗은 가느다란 목 끝에 달린 작은 머리가 불쑥 솟았다.

"에-뭐?"

"에-뮤. 세상에서 두 번째로 큰 새야. 타조 다음이지. 오스트레일리아에서 왔어."

"에뮤에 대해 들은 기억 없어. 이 녀석들이랑 자기도 해?"

"아니, 들소 우리에서만. 그래서 계속해 봐. 어떻게 됐어?"

"어떻게 됐냐면,"

초코바는 콧방귀를 뀌었다.

"어떻게 됐냐면 내가 다가가서 그 바보 같은 흰둥이를 구해 냈지. 나도 거의 죽을 뻔했어."

마니악은 초코바의 팔을 잡았다.

"정말, 그 애 무사해?"

초코바는 낄낄거렸다.

"그래, 무사해. 하지만 그게 내가 이야기하려는 게 아니야. 뭐냐면, 그 녀석이 철교를 걸어오는 내내 나를 꽉 붙잡고 있었다는 거야. 몸을 흔들고, 벌벌 떨고, 꼭 껴안고. 꼭 내 몸 안으로 파고들려는 듯이 말이야. 정말 걱정되더라."

초코바는 머리를 흔들며 낄낄 웃었다.

"그 휜둥이가 나한테 키스할까 봐."

둘은 깔깔 웃었다. 마니악은 그림을 그려 보았다. 두 사람이 다리를 건너면서, 침목을 하나씩 건너면서, 서로에게 팔을 두르고 있는 모습.

"그런데 그조차도 내가 이야기하려는 게 아니야."

초코바는 놀랄 만큼 목소리를 높였다.

"도착했는데도 그 꼬마 놈은 나를 놔주지 않는 거야. '다 왔어'라고 내가 말했지. '너 이제 살았다고.' 근데 그 녀석은 나한테 더 심하게 달라붙는 거야. 마치 낙지처럼. 승강장에서 내려와서, 계단을 내려가서, 거리로 나왔는데, 아직도 그 꼴인 거야. 어떻게 해도 도저히 떼어 낼 수가 없었어."

"그래서,"

마니악이 물었다.

"어떻게 했어?"

"어떻게 했냐고? 할 수 없이 우리 집에 데려갔지."

마니악은 숨 막히는 듯 멈췄다.

"뭐라고?"

초코바는 어깨를 으쓱했다.

"엄마라면 그 녀석을 떼어 놓을 수 있을 것 같았어. 물론 다른 녀석도 데려와야 했어. 하지만 그 진흙투성이 운동화는 밖에 벗어 두라고 했지."

그는 울타리에 코를 박았다.

"저긴 뭐가 있어? 아무것도 안 보이는데."

"야생 동물들이 살고 있어. 땅속에. 그다음엔 어떻게 됐어?"

"뭐, 엄마가 떼어 냈지. 엄마가 나한테서 녀석을 떼어 내자마자 녀석은 곧장 엄마한테 달라붙는 거야. 역시 낙지처럼. 나는 녀석을 잡아당겼고 엄마는 나한테 엄청 화를 내면서 '떼어 내, 떼어 내' 하는 거야. 엄마가 젖은 옷을 말렸어. 그 애 옷을 벗기고 내 옷을 입혔지. 언젠가 나한테 동생이 생길 때를 위해서 보관해 둔 거야. 하지만 동생은 안 생길걸. 엄마는 더 이상 아기를 갖지 않을 거니까. 근데 난 아직도 가장 정신 나간 부분을 말하지 않았어."

"그게 뭔데?"

"짜식들이 집에 안 가려고 하는 거야. 온종일 우리 집에 있었어. 엄마가 애들을 달래 주고, 먹여 줬어. 엄마한테 그러지 말라고 하니까 오히려 나를 찰싹 때리는 거야. 가끔 엄마는 제정신이 아니라니까. 나한테 애들하고 놀라는 거 있지. 장난감을 갖고서. 결국에는 아빠가 걔들을 집으로 태워다 줬어. 날이 저문 다음에 말이야. 애들이 차에서 내리는데, 나한테 뭐라고 말할지 진작 알고 있었어. 난 차에 있었는데……."

초코바는 머리를 흔들었다.

"나한테 들어와서 자기들이랑 같이 놀자는 거야. 반란놀이 말이야. 꼭, 나한테 비는 것 같았어. '어서, 제바아아아아아알! 형이 우리랑 놀면, 백인 시켜 줄게.' 야, 너 이게 믿어지냐?"

마니악은 싱글거렸다.

"당연히 믿어지지."

둘은 계속 걸었다.

"머기야?"

"응?"

"할 말이 하나 있는데."

"뭔데?"

"너한테서 들소 냄새 나서 도저히 못 참겠다."

두 소년이 오랫동안 크게 웃어 대는 바람에, 동물원에 있는 백 개나 되는 각각 다른 모양의 귀들이 얼얼해졌다.

"머기야?"

잠시 후 초코바가 말했다.

"응?"

"우리 엄마도 너한테 물어볼 게 있대."

"너희 엄마가?"

"그래. 내가 엄마한테 네 이야기를 했거든. 사실 엄마는 오래전부터 너에 대해서 알고 있었어."

"그래서?"

"엄마는 그러니까, 어, 우리 집에 오는 게 어때?"

마니악은 몸을 돌리고 초코바를 정면으로 쳐다보았다. 초코바는 딴청을 피웠다. 그리고 더 이상 아무 말 하지 않았다.

귀뚜라미와 반딧불이 사이를 말없이, 둘은 계속 걸었다.

동물원을 한 바퀴 다 돈 다음, 그들은 다시 들소 우리로 돌아왔다.

"그럴 수 없어."

"왜? 우리 집이 별로라서? 우리 엄마도?"

마니악은 설명할 말을 찾느라 애썼다.

"그러고 싶지 않다는 말은 아니야. 그냥, 그게, 상황이…… 그럴 수 없어."

"야, 잘 들어."

톰프슨이 말을 끊었다.

"우리랑 같이 살자는 게 아니야. 그냥, 우리 이야기는 잠깐만, 알았지, 잠깐만 들르라는 거야. 그러고 싶으면 말이야. 그래, 자, 그거야. 그뿐이야. 너무 심각하게 생각하지 마. 심각한 일도 아닌데."

마니악은 몸을 부르르 떨었다. 별을 향해 반짝이는 반딧불이를 지나 하늘까지 시선을 보냈다. 대답이 있다면 위성만큼이나 멀리 있을 것이다. 초코바 톰프슨이 붙잡기도 전에 마니악은 "간다" 하고는 울타리를 넘어 들소 우리 처마로 휭 가버렸다.

46

들소의 이빨이 귀를 꽉 깨물더니 짚더미에서, 그리고 잠으로부터 그의 머리를 끌어올렸다.

'초코바의 말이 옳았어! 들소가 진짜 사람을 잡아먹나 봐!'

들소는 귀만 아프게 하는 게 아니었다. 말도 하고 있었다.

"이 자식, 이 자식……."

들소의 목소리는 아만다의 목소리였고, 들소의 이빨은 그가 몸을 똑바로 일으킬 때까지 귀를 잡아당기고 비트는 아만다의 손가락이었다.

"그거 봐."

아만다는 말하고는, 그의 머리를 찰싹 때려서 어지럽게 만들었다.

마니악은 차라리 귀를 잡아당기는 게 낫다고 생각했다.

"이거 봐. 너 때문에 이 자식이라는 말도 쓰잖아. 난 지금까지 그런 단어를 써본 적도 없었어. 너 때문에 난 완전히 미쳐 버렸어."

그녀는 지푸라기를 한 움큼 잡아서 그에게 던졌다.

"미안해."

마니악은 에뮤 우리에서 자는 게 더 낫지 않았을까 하는 생각을 했다.

"뭐 좀 물어도 돼?"

"빨리 물어 봐."

아만다는 으르렁거렸다.

"너한테 '이 자식'이라고 말하게 만든 거 빼고, 네게 미안해할 게 또 있니?"

"뭐야?"

아만다는 비명을 질렀다.

그녀는 엉덩이에 손을 얹고 그를 내려다보았다. 빛이 없어도 그녀의 얼굴에 나타난 표정을 알아챌 수 있었다.

"일을 꼬이게 해놨으니까 미안해야지. 집에 오라는 낄낄이의 초대를 거절한 거 미안해야지. 그리고 또 있어. 그 녀석이 내 방에 공을 던져서 나를 깨웠어. 난 침대에서 나와서 한밤중에 집 밖으로 몰래 빠져나와서는 여기 와서 이런 짓을 하고 있잖아. 그러니까 너는 내게 미안해야 되는 거야."

마니악은 하품을 했다.

"낄낄이?"

"이제부터 초코바를 그렇게 부르기로 했어."

그러고는 아만다는 목소리를 높였다.

"낄-낄아!"

울타리 쪽에서 거친 목소리가 들렸다.

"닥쳐, 계집애야."

마니악은 깔깔 웃어 댔다. 이런 식으로 구석으로 몰린 게 너무나 오랜만이라서 웃음이 마음껏 나오도록 한참 웃었다.

마침내 마니악이 진정하자 아만다가 말했다.

"됐어, 가자."

"뭐?"

마니악이 말했다.

"가자고."

"어디로?"

"집으로."

"누구 집?"

"내 집. 네 집. 우리 집. 얼른! 나 졸려."

오, 맙소사. 마니악은 말하려고, 설명하려고, 항의하려고 입을 벌렸지만 할 말이 너무 많았다. 이야기는 설명하기에도, 이해시키기에도 너무 길어서 백 일 동안 해도 다 못 할 정도였다. 그래서 그는 "안 돼"라고 말하고는 벌렁 드러누웠다.

그 즉시 그는 똑바로 일으켜졌고, 그를 홱 잡아당겨 일으킨 그 손아귀는 여자아이의 것이라고 믿을 수 없을 정도였다.

"나한테 안 된다고 말하지 마. 잠옷 바람에 슬리퍼를 신고 와서 저 울타리를 넘다가 죽을 뻔했어. 너한테 고작 안 된다는 말 들으려고 여기까지 온 게 아니야!"

아만다는 소리 질렀다. 근처의 우리에서 야생 동물 서식지가 요동을 쳤다. 머리들이 달빛 속으로 쑥 나왔다.

"단단히 잘못 알고 있어. 너 이 자식."

그녀는 마니악을 발로 찼다.

"너한테는 선택권이 없어. 너한테 부탁하는 게 아니라 명령하는 거야. 너는 나랑 같이 집에 가서 내 방에서 잘 거야. 이제 네 방이 되겠지만. 그리고 네가 바닥에서 자든 창턱이나 다른 데서 자든 난 전혀 상관 안 해. 하지만 집에서 자야지 여기는 아니야. 그리고 너는 거기에서 오늘 밤, 내일 밤, 모레 밤, 그다음 날 밤 그리고 매일 밤을 자는 거야. 가끔씩 낄낄이네 집에 가서 자는 것을 빼고는. 물론 그 녀석이 너를 다시 초대할지는 모르지만 말이야. 여긴 네 집이 아니야! 이제 어서 일어나!"

그녀는 마니악의 발끝을 밟았다. 울타리 쪽에서 박수와 짧은 휘파람이 터져 나왔다.

아만다는 마니악의 손을 잡고 진흙투성이의 질척한 땅을 지났다. "밀어 줘" 하고 울타리에서 그녀는 명령했다. 마니악은 아만다를 밀어 올렸다. 초코바는 아만다가 건너편으로 내려오도록 도왔다. 한참 망설이다가 마니악은 울타리를 넘었다.

그들은 동물원을 가로질러 큰길로 내려갔다. 아만다와 낄낄이 초코바와 마니악 세 명이 함께. 아만다는 가는 내내 투덜거렸다.

　　"……너는 집 안에서보다 밖에서 더 골칫덩이야……. 이제 이 슬리퍼는 버릴 거야. 온통 들소 똥이 묻었을 테니……. 그리고 너, 3미터 안으로 내게 접근하지 마. 목욕하기 전에는……."

　　마니악은 아무 말도 하지 않았다. 아만다가 맘대로 투덜거리게 내버려 두었다. 그녀의 불평 뒤에 그가 언제나 꿈꿔 온 모든 것이 있었기 때문이다. 그는 마침내, 진실로, 오랜 기다림 끝에, 누군가 자기에게 집으로 오라고 부르고 있다는 것을 알게 되었다.

하늘을 달리는 아이

초판 1쇄   2007년 8월 20일
개정판 1쇄   2020년 1월 28일

지은이 제리 스피넬리
옮긴이 김율희

펴낸이 김한청
기획편집 원경은 이한경 박윤아 이건진 차언조 이슬
마케팅 최원준 최지애 설채린
디자인 이성아

펴낸곳 도서출판 다른
출판등록 2004년 9월 2일 제2013-000194호
주소 서울시 마포구 동교로27길 3-12 N빌딩 2층
전화 02-3143-6478 팩스 02-3143-6479 이메일 khc15968@hanmail.net
블로그 blog.naver.com/darun_pub 페이스북 /darunpublishers

ISBN 979-11-5633-277-0 03840